「好的，殿下。
我會好好享受。」
喬治・佛格森
George Ferguson
蕾切爾・佛格森
Rachel Ferguson

「相信我們的女兒……
她一定會採取不觸法的手段，
把殿下整得慘不忍睹！」
達恩・佛格森
Dan Ferguson
「親愛的……蕾切爾可是殺意十足喔！」
伊榭麗亞・佛格森
Iseria Ferguson

「我等『闇夜黑貓』，
已經將小姐的生活
必需物資搬進地牢了。」
梅雅
Meia
莉莎
Lisa
蘇菲亞
Sofia

獄卒
prison guard

「坐牢讚啦～～！」
「喂！坐牢哪裡開心了啊，可惡！」

INDEX

從毀婚開始的

反派千金 上

監獄漫活人生

Slow Life of a Young Lady in Prison, Triggered by Breaking Off the Engagement

著 山崎響

Written by Hibiki Yamazaki

畫 鍋島テツヒロ

Illustration by Tetsuhiro Nabeshima

Kadokawa Fantastic Novels

Slow Life of a Young Lady
in Prison, Triggered by
Breaking Off the Engagement
First volume

第1章

千金小姐喬遷

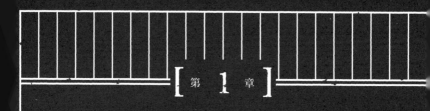

01【千金小姐入獄】

原本盛大的晚宴，在王子突然發表了毀婚宣言之後變得鴉雀無聲。

一名有著及肩閃耀金色長髮，身姿優雅的青年交抱手臂，站在豪華大廳的正中央。他正是國王的長男艾略特王子；此外還有一名將紅髮綁成雙馬尾的可愛千金小姐，像是要躲在王子身後似的攬著他。

在這兩人的視線前方，一名千金小姐正要被王子的侍從架走。

這名將巧克力棕色頭髮高高梳起，散發成熟氣質的少女，即使面對如此事態仍保持著冷靜，一言不發地被人押下。她是王子的（前）未婚妻，佛格森公爵家的長女蕾切爾。

艾略特將發著抖的男爵千金（雙馬尾）擋在身後，像是要保護她，同時惡狠狠地瞪著被侍從架住的蕾切爾。

「蕾切爾，妳要是還有良心，至少在最後一刻向瑪格麗特賠罪！」

王子嚴厲地斥責。而攫住蕾切爾雙臂並順勢反擰的騎士團長之子——賽克斯．阿比蓋爾，與蕾切爾的親弟弟喬治・佛格森也異口同聲地責備她。

「一切都已經曝光了，妳這個魔女！我知道煽動其他千金小姐的人就是妳！」

「……姊姊，請老實認罪吧。妳到底打算玷汙佛格森公爵家的名聲到何種地步？」

男人們異口同聲譴責無法動彈的千金小姐。

然而，無論他們說了什麼，蕾切爾都不為所動，遭到砲火集中攻擊的她以冷淡的表情回望王子。

「我沒做那種事，因此我完全沒有必要向您的女朋友致歉。」

深褐色長髮、晶瑩剔透的雪白肌膚。

比鈷藍色更深的碧藍眼眸、染著一抹粉紅的薄唇。

白皙的美貌顯得成熟，細長清秀的雙眼透出理智的光芒。

身上穿的禮服色調沉穩，比起華麗，更展現出高雅的品味。

蕾切爾與艾略特年紀相當，但穩重的談吐舉止與素雅的外表使她顯得較為年長。而她也一如形象，以冷靜的語氣重複否定的話語。

單是這樣的態度，就使蕾切爾的話比王子等人任憑怒氣冒出的話語來得更有分量。

這令王子大為光火。

實際上，蕾切爾那與平時沒兩樣的態度也是令艾略特煩躁的原因之一。

這傢伙為什麼就是要忤逆我……！

蕾切爾態度拘謹，從不刻意彰顯自我，可說是替男人做足面子的千金典範。正是這點得到讚賞，使她獲選為王子的未婚妻……然而她雖然不會突顯自我意識，卻會責備不太穩重的艾略特。

艾略特的心會離她遠去……應該說打一開始就實在無法喜歡上這名未婚妻的原因之一，正是她的這種態度。她在面對艾略特時，總是不改如大人訓誡孩童般的態度。反過來說，這也是艾略特不夠成熟的佐證……

平時就已經嫌她礙事，加上她甚至（疑似）加害自己最心愛的千金小姐，這令王子強烈地想懲罰無論如何都不願意賠罪的未婚妻。

「夠了！蕾切爾，看來就算給妳機會反省也是白費工夫。」

王子揚起下巴。賽克斯再度將蕾切爾拖往地牢的方向。

「蕾切爾，人生漫長，妳就盡情享受監獄生活吧。」

艾略特嘲諷的話語令蕾切爾的嘴角頭一次被牽動。然而那並非艾略特所期待的忍耐屈辱的表情……而是冷笑。

「好的，殿下。機會難得，我會好好享受。」

她罕見地展露了情感，卻是與人稱只有成熟穩重可取的公爵千金極不相稱的侮蔑表情……王子還沒時間思考箇中涵義，蕾切爾就已經被賽克斯拖出了大廳。

⚜

蕾切爾以冷淡的心情望著一臉得意地持續宣揚可笑理論的未婚夫。

這傢伙實在是無可救藥。

據說在孩提時期，男性在精神上的成長會較為遲緩……但不管到了幾歲，這傢伙顯然都愚蠢過頭了。明明即將成年，卻還是這副德性？令人只能嘆息。

他會以為蕾切爾故意去騷擾那種可有可無的女人，這一點相當愚蠢；被認為自己是有時間做那種事的閒人也令蕾切爾火大。

他知道王室的未婚妻教育有多辛苦嗎？

罪狀本身莫須有到令人幾乎要笑出來，而他一本正經地抨擊這點也令人失笑。這夥人究竟有沒有大腦？

老實說，她並不想跟艾略特王子結婚，將來也無意成為王妃。現在不過是身為公爵家千金，打算恪盡貴族的義務罷了。然而，為什麼自己此刻非得跟一個只想得出幼稚陰謀的陌生女人搶奪這個白痴不可……？

蕾切爾原本就只是基於責任義務訂下婚約，眼前的愚蠢鬧劇令她感到相當掃興，甚至覺得怎樣都無所謂而想放棄一切。

面對這樣的蕾切爾——

「蕾切爾，人生漫長，妳就盡情享受監獄生活吧。」

無能王子自以為是地吐露嚴酷的決定性話語。這令蕾切爾終於無法繼續維持撲克臉，笑了出來。

「好的，殿下。機會難得，我會好好享受。」

無論是貴族義務或其他事情都無關緊要了。誰管這傢伙的未來啊？

王子或許是打算藉突然宣布令人措手不及，但今天的情報其實已經從各處洩漏，傳進蕾切爾耳中。雖說她沒想到竟然跟事前收到的情報完全相符就是了……

由於王子真的毀婚，使得蕾切爾所做的「準備」也不至於白費。過於合乎預期的發展令她不禁竊笑。

蕾切爾差點忍不住笑意，仍努力維持面無表情，讓賽克斯拖著走。

既然王子都特意下令了，自己也將王妃教育拋諸腦後，悠閒地度日吧。

被關進近年無人使用的王宮地牢……接下來的生活令蕾切爾有些興奮起來。

沒有艱辛嚴厲的王妃教育。

也沒有以分鐘為單位的行程表。

即使和衣躺下就睡也不會有女僕長在旁嘮叨；慵懶地看書也不會有家庭教師揮舞教鞭。

時間多得不知道要做什麼，茶也只要想喝時再喝即可；就算在大白天就開始酣睡，也不會挨任何人的罵。

能夠隨心所欲玩樂的愉快牢房生活（慢活）正等待著蕾切爾。

蕾切爾刻意壓抑想小跳步前進的雙腿，踏著與心情相反的沉重步伐離開了大廳。

02【千金小姐固守牢房】

有人走下石階的噠噠聲，令前來地牢巡邏的獄卒抬起頭來。只見一名體格高壯的青年手持搖曳的燈火，拖著另一名盛裝打扮卻被繩子捆住的少女走了下來。

這奇妙的組合令獄卒感到疑惑，這時青年態度高傲地叫住他。

「你就是獄卒嗎？」

「是，沒錯……」

就在獄卒心想著究竟是怎麼回事，投以困惑的視線時，抵達地下室的賽克斯解開了綁住蕾切爾的繩子，推了她的背後一把。

「把這傢伙關進牢裡，這是艾略特王子的命令。至於何時會放她出來，還沒決定……總之，要視這女人的反省情況決定。」

「哦……是這樣嗎？」

獄卒無精打采的回應令賽克斯蹙眉。

「怎麼了？」

「是……呃，其實是，那個，牢房……」

賽克斯順著獄卒的視線望去……只見牢房已經變成了倉庫。

「這是怎麼回事？」

出乎意料的景象令賽克斯不由得發出奇怪的叫聲。各式尺寸的大量木箱堆滿了牢房，深處的木箱甚至快頂到天花板。

「其實是……今天白天事務官們才剛來過這裡，要求暫放用不到的物品，就把貨物搬進來了。」

獄卒搔了搔頭，回答愣住的賽克斯。

「畢竟王宮的地牢很少使用不是嗎？所以沒想到竟然會有『房客』要立刻入住……」

雖然不知道裡面裝了什麼，牢房差不多有一半空間都被木箱占據了。

「為什麼偏偏在這種時候擅自用來當作倉庫……」

「哎呀，我也是頭一次遇到……不過就算想拒絕，平時的確沒在使用……」

是苦於沒有空間暫放資料的官員搬過來的嗎……賽克斯因為時機太不湊巧而咂嘴。不過仔細一看，從入口到廁所一帶仍留有相當的空間。

好，這塊空間就足夠讓蕾切爾躺平了。

「沒辦法，就這樣把這傢伙關進去吧。喂，可別抱怨空間狹窄喔，單是沒有跟其他罪犯關在同一間牢房，妳就該感到慶幸了。」

「我明白了。」

蕾切爾溫順地點頭後，賽克斯向獄卒揚起下巴示意。獄卒打開設在鐵柵欄角落的門鎖。

在明白來到此處的這對男女的情況後，獄卒終於恢復原本的神態，並露出下流的笑容。

「嘿嘿嘿，這地方對貴族的千金小姐來說或許有些恐怖……哎，但俗話說『久居為安』嘛。只要住上一週應該就會習慣啦！妳就當作是住進了罕見的旅館，盡情享受吧……雖然不知道妳會在這裡待上幾年就是嘍。」

在獄卒按照既定流程說出慣例的威脅臺詞的期間，蕾切爾只是默默地穿過牢房的門。

獄卒隨即關上房門並且上鎖。刻意喀噠喀噠地搖響房門以彰顯門已經完全鎖上的動作也是入獄儀式之一。

獄卒對走進牢房乖乖端坐的少女咧嘴露出嘲諷的笑容。

「如果要哭著哀求大人物，最好是趁早，這也是為妳好喔。畢竟這間地牢最近完全沒人使用，位置也不好，連把人關進來的人跟本大爺都有可能忘記有人關在這裡呢。」

獄卒隨口說出的玩笑話令賽克斯也笑了。

「哈哈哈，的確如此。畢竟殿下也想早日忘記妳，與瑪格麗特小姐過著愉快的生活。所以為了妳自己好，最好在他忘記妳被關在牢裡之前，盡早向他低頭道歉。」

賽克斯與獄卒一邊嘲笑愚蠢遲鈍的公爵千金，一邊走出地牢，只留下大受打擊的千金小姐一個人……理應如此。

然而，就在賽克斯與獄卒正要踏上階梯的那一瞬間。

鏘啷鏘啷、喀鏘！

「喀鏘？」

奇怪的聲響令兩人回過頭。

正好看見應該垂頭喪氣地坐在牢房裡的蕾切爾……用粗重的鎖鏈穿過鐵柵欄與牢門，將兩者緊緊捆住，並用巨大掛鎖鎖上的一幕。

這是蕾切爾展開反擊行動的瞬間。

「啊？」

「妳……妳做什麼？」

千金小姐出人意表的舉動，令賽克斯與獄卒連忙衝回鐵柵欄前。

然而，蕾切爾已經「鎖上了門」。

「喂，這是什麼？」

賽克斯衝過來，以鍛鍊出來的臂力搖晃房門，但用鎖鏈捆得死緊的門紋風不動，連根手指都塞不進門縫裡。

蕾切爾一臉若無其事的表情，與他對望。

「沒什麼，只是安全起見，上了只有我才能打開的鎖罷了。」

「這裡可是牢房喔，由囚犯上鎖未免太奇怪了吧！」

賽克斯大喊，蕾切爾則沉著地回應。

「我也是未婚女子，不怕一萬，只怕萬一。畢竟根據故事書，獄卒的娛樂似乎就是在上司掌握不到的時候折磨囚犯。」

「話雖這麼說，這種事可是前所未聞啊！這鎖鏈跟掛鎖是從哪兒拿出來的？」

「那是我的自由。」

無論兩人說什麼，蕾切爾都不加理睬，這令賽克斯與獄卒都說不出話來。原本應該是將人關進牢房，這下子卻成了對方將牢房當成堡壘。

「這……這下該怎麼辦才好……」

被獄卒一問，賽克斯也無言以對。

「就算你這麼問……」

「喏，你要怎麼做？」

「呃，妳沒資格這麼問吧！」

就算反駁插嘴的蕾切爾，她仍一臉嚴肅地回答：

「不不不，畢竟與我有關，我應該有插嘴的權利吧？」

「經……經妳這麼一說，的確是這樣沒錯……」

「好了，你要怎麼做？快點，至少表達點意見如何？」

甚至連蕾切爾都催促起他來，這令不擅思考難事的賽克斯完全陷入恐慌。

「我在問你要怎麼做吧？快點回答！快點，快啊快啊！」

「住口！別讓我慌啦！呃，這到底該如何是好……」

面對出乎意料的發展，身為肉體派的他想不出該如何應對。既然如此……

「總……總之先去向殿下報告……」

騎士團長家的公子跌跌撞撞地跑出地牢後，全力衝往派對會場去找王子了。

03【千金小姐改造牢房】

在金碧輝煌的大廳裡，艾略特王子無視周遭竊竊私語的人們，與馬屁精們乾了數不清第幾次的杯。

「哈哈哈哈哈，哎呀，真是愉快！」

「殿下，終於成功了呢！」

「是啊，我終於將那個可恨的蕾切爾定罪了！瑪格麗特，感謝妳的協助……」

「別這麼說，我並沒有幫什麼忙……」

「咻——咻——！」

在氣氛相當不錯的情況下，艾略特與瑪格麗特終於不顧他人眼光地將臉湊近彼此……就在這瞬間。

「殿下——！」

體格高壯的青年衝進了大廳。

「……賽克斯，你竟然在氣氛正好的時候……」

騎士團長家的公子突然一把抓住恨恨地看著他的王子的手臂。

「發生了稍微緊急的事態，請您馬上過來！」

「怎麼回事，喂？」

或許是心急的緣故，賽克斯在獲得王子的首肯之前就拖著他邁開步伐。他從人牆中強硬地只將王子拉走的模樣，就像在婚禮上強行搶走新娘的前男友。

總之在責怪賽克斯失禮的態度之前，若是不先讓他冷靜下來，自己可能會受傷。艾略特敲了敲賽克斯緊抓住自己手臂的手。

「喂，別扯我的手臂！你的握力抓人很痛耶！」

「啊，非常抱歉！」

賽克斯連忙鬆手。正當艾略特心想終於能冷靜下來聽取匯報時……

「那麼，請往這裡走！」

「啊？喂，住手啊——！」

賽克斯以雙手橫抱起艾略特……換言之，就是用公主抱的姿勢抱起他後，就以如同奔馳的馬匹般的速度衝了出去。

被留下的人群中……

「賽……賽克斯……把艾略特殿下……這是怎麼回事？」

瑪格麗特與其他阿諛奉承之輩都感到困惑不解。

「哎呀……殿下真正的對象是阿比蓋爾大人嗎？」

「而且，就那種情況看來……唯我獨尊的殿下反倒是受？」

「必須把這件事告訴今天沒有出席的眾人才行！」

原本在遠處觀望的諸位千金就這樣將攸關艾略特立場的重要資訊散播出去。

⚜

就在賽克斯以引人矚目的方式，將不顧旁人目光在晚宴上與瑪格麗特小姐打情罵俏的艾略特擄走並帶到地牢時……狀況更加進化（惡化）了。

「真是的，蕾切爾到底怎麼了……什麼……！」

原本在中途發著牢騷的艾略特看見地牢的模樣後也啞口無言了。而理應做好心理準備的賽克斯，也因為超乎預期的狀態而說不出話來——牢房裡已經化為與短短三十分鐘前截然不同的空間。

⚜

所謂地牢，是將一個寬敞的長方形房間以鐵柵欄隔成兩區的設施。

隔著鐵柵欄，前方是作為獄卒待命、監視用的房間，角落設置有與牆壁相同的石材建成的階梯，家具則只有一套粗糙的桌椅。

樓上的宮廷侍者的廚房會將囚犯的餐點送來，所以這個房間裡並沒有廚具；而相同地，審訊時囚犯會被帶到禁衛軍值勤室，因此這裡不需要任何家具。

鐵柵欄內側的房間為囚禁罪犯的區域，所謂的「牢房」指的就是這一區。內部只有與前方房間無異的石牆、地板與天花板，角落設有馬桶、淋浴設備與洗手檯。兩個房間只以毫無遮蔽功能的鐵柵欄區隔，實際上是一個相通的房間。

正因為是地牢，幾乎都位於地下室，只在牆壁高處設置了幾處兼作換氣、採光用的細長窗戶，並設計成可從建築物外側看見地板下的通風口，當然同樣也裝了鐵柵欄。房裡的照明僅只於此，如果沒有油燈或蠟燭，就連白天也略顯昏暗。

在如此殺風景的空間生活艱辛與否，端看囚犯的地位與將其關進去的那一方的度量。如果囚犯是需要多加關照的大人物，或是監禁他的人心懷憐憫，就能過著還算文明的生活。牢裡會提供墊褥、寢具與桌椅，並允許在廁所或淋浴區前擺設屏風確保隱私。

倘若監禁的目的為虐待，或是下令者性格殘暴……就不會提供任何物品。囚犯只能蜷縮在石版地上，因寒冷而顫抖，以擺放在地上的淺盤進食，並忍受在排泄與淋浴時被守衛全程監看的屈辱。

多數人單是聽到這樣的內容就顫抖不已，更不用說是被關進牢獄的當事者了……

話雖如此，這些內容其實幾乎全是都市傳說。

真要說起來，這間牢獄近期根本就不可能有人使用。

因為相較於從前，受刑人受到的待遇顯得人道許多，如今需要禮遇的囚犯已經不會使用地牢，而會關進無法逃脫的客房裡並派人監視。

相對地，不需要特殊禮遇的卑賤罪犯也不會被特地關進王宮的地牢，只需丟進郊外的氣派大型監獄，跟平民關在一起就行了。

這座地牢原本是內亂跟陰謀如家常便飯的從前為了虐待失勢的有力人士而建造的，因此在長年和平的現在，這個房間就成了關押的雖是貴族或朝臣，待遇卻連普通囚犯都不如的矛盾存在了。

這麼一想，睽違許久被關進這座地牢的蕾切爾·佛格森正是符合這矛盾條件的人物。雖貴為公爵千金卻遭到王子憎惡，期待她吃盡苦頭。這年頭這樣的人已經不多見了，可說是難能可貴的人才。

話雖如此，若說到艾略特王子是否如此老謀深算……

其實不然。他不過是因為蕾切爾欺負可愛的瑪格麗特而想將她扔進糟糕的環境罷了。至於居住環境如何，打一開始就不在他的考慮範圍內。

王子只想藉由入獄這種對貴族而言是奇恥大辱的事情令蕾切爾感到絕望，只要她向瑪格麗特磕頭賠罪，自己也不是不能原諒她——在艾略特的腦中只有這種曖昧模糊的想法，完全沒思考過半點具體的內容。

而且，王子將蕾切爾從社交場合驅逐之後，直到被賽克斯拖走為止，完全忘了那種「無關緊要的小事」，只顧著與瑪格麗特打情罵俏。

因此在抵達牢房之前，他完全搞不懂侍從為何會慌張地要自己來看這個邪惡的女人。

……於是在抵達地牢時，艾略特王子完全無法理解映入眼簾的景象。

⚜

在地牢裡看得見地面的空間，被自己毀婚的公爵千金正放鬆地待在那兒。

理應是石版裸露的區域鋪著繪有幾何圖案的地毯；深處原本毫無遮蔽的浴室區還掛上品

味高雅的花朵圖案浴簾。

今天才入住的房客身上的晚禮服已經換成了樸素的家居服。地毯上擺著讓賢者一秒變廢人的懶骨頭，而蕾切爾就在上頭慵懶地看書。也就是說，在她身旁已經設置了足以供她閱讀的明亮檯燈。

按理來說，她被關進牢裡時明明只有身上的服裝，她是怎麼換衣服的？家具又是從哪裡搬進來的？

這不可能。

這副景象令人難以置信。

鐵柵欄的這一側確實是地牢……

而另一側明明同樣也是地牢，裸露的石牆裡頭卻變成了看似舒適的居住空間。

眾人不發一語地盯著這不可思議的景象。似乎察覺了什麼的千金小姐坐起身。

「？」

蕾切爾完全無視鐵柵欄外的情況又坐回去後，從酒精燈上拿起煮水壺，將煮沸的熱水注入茶壺中，蓋上壺蓋。顯然與現場不搭調的紅茶芬芳香氣，在殺風景的牢裡逸散開來。

「嗯嗯～～……！」

蕾切爾聞著香氣，露出滿足的微笑。

沒想到她在牢裡連茶具組都能準備好，這令原本就已經傻眼的艾略特下巴都掉了。賽克斯與獄卒也面面相覷，說不出半句話。

隔了整整五秒後，王子才回過神來，抓住鐵柵欄。

「妳這傢伙！是從哪裡把這種東西帶進來的！」

蕾切爾冷冷地回答：

「這是我自己準備的，並不會增加國庫負擔。」

「不是那種問題！」

「這是私人物品，您沒有資格說三道四。」

「就說了我不是在問這個！我的意思是，妳是從哪裡變出牢裡那些東西的！」

牛頭不對馬嘴的對話令艾略特咬牙切齒。這時在他面前——

蕾切爾露出缺少了什麼的表情四處張望，接著打開其中一個木箱取出茶點——那是一開始就被搬進來，理應塞滿廢棄品的木箱。

沒錯，正是蕾切爾被押進牢房前就在這裡的木箱。

「……原來是從那裡嗎！」

賽克斯大喊。

「怎麼了？」

獄卒向搞不清楚情況的王子說明。看著一邊嚼著餅乾一邊看似幸福地啜飲紅茶的前未婚妻，了解箇中玄機的艾略特感到頭暈目眩。

「她……她早已預料到這種情況，將長期抗戰用的物資事先搬進來了嗎？」

王子驚愕地低語，蕾切爾則泰然自若地回應：

「正確來說，是我的手下。哎，總之就是預期或許會有這種情況而做了準備。」

蕾切爾無視啞口無言的王子一行人，翻開夾了書籤的頁面，再次沉浸於書中。

蕾切爾．佛格森雖是公認的美女，存在感卻莫名薄弱，有時甚至會忘記她曾在宴會上與王子一同接待賓客。

看似纖弱的美貌缺乏表情，基本上是個沉默寡言，不太會表達自身想法的人。即使詢問意見，她也會配合王子。

就作為女伴來說，如同王子影子的蕾切爾是個方便的女子；然而在覬覦王子殿下的千金們口中，蕾切爾則是個過度樸素，配不上王子的對象。

待在耀眼俊美的王子身邊，如同不礙事的附屬品般美麗卻不起眼的未婚妻。

就是個沒有自我，除了襯托王子的高雅外一無所長，正因如此才顯乏味的千金小姐。

因為是這種女人，艾略特才會認為即使將她定罪，她也不會抵抗，而膽敢在那種場合公然毀婚……

所以他這麼想——

……此刻在自己眼前，在這種離譜的地方隨心所欲的女人到底是誰？

04【公爵掌握事態】

在今天這場年輕人聚集的晚宴上，蕾切爾被王子當眾毀婚的消息緊急傳入了佛格森公爵耳裡。

公爵家因為令人難以置信的事態而陷入混亂。當家達恩．佛格森一邊準備緊急進宮，同時也為了掌握狀況，派出家臣收集情報。

在情緒愈發焦躁的情況下，陸續歸來的部下接二連三帶回零碎的壞消息。

「王子在今天的派對上宣布毀棄與蕾切爾的婚約，這件事千真萬確嗎？」

「是，屬下已經透過複數情報來源確認。王子在晚宴中，於會場正中央將小姐拘捕，並宣布與她斷絕關係。」

部下的報告令公爵抱頭苦惱。

「那個笨蛋王子……！他或許自認使出了絕妙的一手，但難道沒意識到場合極度不理想嗎？先不論孰是孰非，這完全是常識問題了……」

達恩已經判斷王子將會失勢。

冷靜分析就能明白，這種無視一大堆貴族禮儀及慣例的毀婚情節，只要驚動國王出面收拾殘局，無論如何都會引發問題。

王子毫無預警地與他的女兒毀婚一事固然令他感到憤怒……但是對現在的公爵而言，比起這些事，真正的問題在於……

公爵「砰砰」地拍了辦公桌。

「那個虛有其表的男人……偏偏喚醒了『鬼之子』……！」

⚜

公爵的長女蕾切爾自幼就是個漂亮的孩子，拘謹的舉止與夢幻的外表，令其他家族的人認為她是個內向穩重的美少女。在什麼也不知道的時期，公爵夫妻得意洋洋地以愛女為傲，認為她是個身心皆十分優秀的孩子。

然而這是天大的笑話。

在女兒逐漸隨著成長展現自我後，公爵夫妻的笑容開始僵掉了。

畢竟她的行徑比半吊子的孩子王還要惡劣。

她會身穿裙裝攀爬大樹，若是被欺負人的淘氣孩童包圍，就會朝他們扔擲蜂窩；如果有年長的孩童作為援軍前來尋仇，她會以暗藏的擀麵棍把人打倒，還將帶頭的少年推進池塘加以報復。

在公爵聽聞騷動趕到時，還目睹女兒為了不讓跌落池中的少年爬上來，在他靠近岸邊時朝他扔石頭的景象。

當時，女兒還一本正經地對阻止自己的父親這麼說：

「不要緊，只要持續從上方扔下石頭，他就暫時浮不上來了。」

在這瞬間，公爵認為自己的愛女應該有極高機率精神異常。

總之，公爵先向蕾切爾指出要用石頭壓住水裡的男孩子有多困難，並說明石頭下沉時水的抵抗力、不固定形狀的石頭在下沉時軌跡的不確定性。在面對這種狀況時指導這種內容，達恩當時的內心狀態或許也默默陷入了混亂。

「不愧是父親大人！」雖然女兒眼中閃著光芒誇獎他，但老實說，這還是他頭一次如此想將女兒的稱讚當作耳邊風。

察覺了蕾切爾扭曲個性的雙親歷經感人肺腑的努力後終於有了成果，隨著女兒逐漸成長，也學會表現出與外表呈正比的社會化程度。

在藉由將禮儀或道德觀念比喻為遊戲規則，讓她理解需要有秩序讓任何人都能公平地遊戲人間之後，大致上將她栽培成理想的模樣了。

不過，公爵夫妻並未忘記。

如果沒有「非遵從規則不可」的想法，不知道卸下緊箍咒的女兒會做出什麼事。

所以他們重視身為貴族子女須具備的倫理，以此教育蕾切爾……沒想到竟然會發生毀婚一事。

公爵比在場的任何人都更清楚究竟發生了什麼事。

艾略特王子（混帳傢伙）將基本條件（棋盤）整個推翻了。

受到急於趕往現場的焦躁感驅使，公爵同時慌張地下達指示。這時，一名僕人上氣不接下氣地趕來向他回報。

「收到詳細情報了！」

「有什麼動靜嗎？」

臉色發青的家臣向焦慮至極的公爵報告：

「已經得知比較詳細的情況……在殿下宣布後，小姐似乎仍面不改色，乖乖束手就擒並送進地牢了。」

「……」

公爵的動作瞬間停頓……接著就垮下似的癱在椅子上。管家連忙趕過來。

公爵愣了好一會兒，終於吐出一句話。

「看來……殿下完了。」

「是。」

十分清楚蕾切爾成長過程的管家也深深頷首。

蕾切爾既然已經下定決心，單憑公爵是無法收拾殘局的。只能放手讓那孩子隨心所欲去做，直到她氣消為止……

這下就連焦急也沒了意義，公爵癱坐在辦公桌前，緩慢地開始將菸絲塞進菸斗。

總之先抽一根吧，就這麼辦。自己能做的事僅只於此。

公爵吸了一口後，吐出百感交集的煙……這時他想起一件重要的事。

「話雖如此……喬治當時應該也在會場才對，這種時候，那傢伙在做什麼？」

除了身為未婚妻的蕾切爾，弟弟喬治應該也以擁戴者的身分隨侍在王子身邊。如果他能在事態演變得如此嚴重之前介入調解或向公爵報告，應該就能將騷動的影響壓到最低。

公爵疲憊地如此低喃，前來回報的僕人就戰戰兢兢地補充呈報的內容：

「關於這點……少爺似乎跟殿下等人同樣為處於漩渦中心的男爵千金著迷，因此相當積極地協助將小姐入罪。」

公爵與管家面面相覷。

「喬治……死定了啊。」

「是。」

「都已經認識自己的姊姊十六年了，那個笨蛋為什麼連這麼簡單的事都搞不懂？」

他明明應該看過蕾切爾隨心所欲亂來的模樣，到底在搞什麼鬼？

要是蕾切爾將怒火發洩在弟弟身上，公爵並不打算袒護自己的嫡子。

要是那麼做，難保自己不會受到波及。

比起搞砸一切的蠢兒子，公爵更珍惜自己的性命。

⚜

就在公爵下意識地仰望天花板抽著菸時，走廊上傳來嘈雜的聲響，妻子接著衝了進來。

「啊，達恩！」

「伊榭麗亞！」

公爵連忙站起身，步伐紊亂的妻子就這樣撲到他的胸膛。

「蕾切爾她……蕾切爾她……！」

「我知道，我剛才聽了報告……妳振作一點！」

驚慌失措的妻子淚水盈眶地大喊：

「可是親愛的……！蕾切爾竟然一聲不吭地被帶走……她可是殺意十足喔！這樣下去，我們家族的未來與殿下的性命堪憂啊！」

「別擔心！蕾切爾已經十七歲，不是個孩子了，她是具備成熟判斷力的年紀了。」

公爵以連自己都無法相信的話語安慰哭喊的妻子，但她完全無法因此鬆口氣。

「達恩，我曾經目睹那孩子小時候一邊唱著《麗茲．波頓童謠》，一邊愉悅地揮舞手中斧頭的模樣，你不會明白我當時的心情……！」

「伊樹麗亞，冷靜下來！不要緊的，妳別擔心！蕾切爾已經在這十年成長為出色的淑女，如果是現在的她，應該不至於直接用鈍器毆打殿下……而是會採取不觸法的方式，進行精神方面的折磨報復！」

「真的嗎……？蕾切爾真的不會有問題嗎？難保那孩子不會為了殺掉王子而讓王都陷入火海啊。」

「伊樹麗亞，相信我們的女兒。那孩子既聰明也有教養，不可能會做出與對方同歸於盡的蠢事，不是嗎？想必她會用不露痕跡的手段，單方面把殿下整得慘不忍睹。」

話雖如此……

女兒現在在想些什麼呢？

她真的不會仰賴凶器嗎？

就連公爵也無法預料。

究竟該如何平息事態才好……現階段，公爵除了嘆氣之外無能為力。

在兩人身旁雖有許多傭人……但由於所有人都對這個家的情況知之甚詳，以至於沒有半個人能加以吐槽。

⚜

「打擾了。」

就在公爵輕撫著妻子後背時，一道十分沉著冷靜的聲音徵求入內許可。在全體倉皇躁動的宅邸中，那聲音甚至令人感到不協調。

往聲音的方向看去，只見蕾切爾的貼身侍女兼兒時玩伴蘇菲亞率領著眾女僕鞠躬致意。

「哦，蘇菲亞，妳來得正好。妳聽說蕾切爾的事情了嗎？」

「是的，當然。」

「我要立刻前往官廳抗議，妳先做好準備，到時候跟我一起前往。並替被關進牢裡的蕾切爾送些日常用品過去，要是被阻攔就報上我的名號。」

總之得先替被直接從宴會上押進牢裡的蕾切爾帶些換穿衣物，或是當下所需的生活用品。讓最接近蕾切爾的蘇菲亞負責打理是最快的──公爵原本這麼想……

「不，這點請不用擔心。」

「已經在做準備了嗎？不愧是蘇菲亞。」

「是，已經整理好『搬進去了』。」

「這樣啊，準備得真周到……嗯？已經搬進去了？」

公爵看向輕描淡寫地吐露讓人無法充耳不聞的話語的侍女，灰髮少女與她身後的兩名女僕全都泰然自若地頷首。

「小姐事先得知了今晚將會被毀婚的情報，因此我們已經遵照小姐的指示，準備好三個月份的生活必需物資與食材，並搬進王宮地牢裡了。」

比起私底下表情意外豐富的蕾切爾，蘇菲亞更加面無表情。而這名侍女此刻也連眉毛都不動一下，如同講解普通常識般將令人驚愕的事實攤在眼前。

「……啊？」

各式各樣的問題同時在腦中盤旋，公爵扶著額頭詢問女兒的侍女。

「等……等一下……妳說事先得知情報，那為什麼蕾切爾刻意什麼也不做？而且，雖說是一人份，要怎麼將足夠生活三個月的物資搬進王宮裡？」

效忠於蕾切爾的侍女就像要表示「您在說什麼理所當然的話？」一般回答：

「雖然對於王子是否會付諸實行半信半疑，但在取得王子的毀婚計畫情報時，小姐曾經說過：『如此一來，不僅能將毀婚的責任推給那個笨蛋，還能獲得暫時什麼也不用做的假期？這不是很棒嗎！』」

「……蕾切爾……」

「此外，在與王子的婚約正式決定後，小姐組織的我等『闇夜黑貓』就已經逐步侵入了王宮中的重點區域。這次的事也一樣，只要事先得知消息，要將物資偽裝成公務名義送進王宮，憑我等的勢力可說是輕而易舉。」

「蕾切爾……妳的目標到底是什麼？」

公爵在得知女兒比預期中還要泰然自若之後放下心來。

此外，更因為知曉了女兒的黑暗面比想像的深沉而恐懼地發抖。

為什麼在自己家裡會存在著連身為當家的自己都不知情的諜報組織？

而且還深入到不須經過檢查就能派遣數輛貨車進入王宮，那豈不是比他國的間諜網更危險嗎？

說起來，既然都做到這種程度了，要暗殺王子一個人根本綽綽有餘吧？

諸如此類的各種想法在公爵腦海中盤旋……

「總之，我要去向官廳抗議。」

「路上小心。」

他已經放棄思考了。

05【千金小姐驅趕王子】

蕾切爾理應遭到監禁，卻能想做什麼就做什麼。

她將喜歡的家具搬進來輕鬆地看書，並享受悠閒的午茶時光——艾略特王子呆愣地望著這副景象好一會兒後才回過神來，連忙朝鐵柵欄內怒吼。

「喂！這裡是監獄耶！竟然當作自己家一樣放鬆！」

「那邊那位可是說過『久居為安』喔。」

「話雖這麼說，也不該到這種程度吧？喂！快想辦法治治這個笨蛋！」

王子的矛頭突然轉向，令獄卒不知所措，這也是理所當然。

「就算您叫我想辦法……」

「我可不是為了讓蕾切爾過著愉快的別墅度假生活才把她關進牢裡！把這傢伙搬進來的物品全數沒收！」

話雖如此，就是因為做不到這點才會把王子請來。

「就算您這麼說……其實……」

「你……你說她從內側反鎖了……」

獄卒說明了掛鎖的事情後，艾略特的下巴再度掉了下來。被閃耀俊美的王子殿下回以空洞的眼神，該說毛骨悚然還是很愚蠢呢——獄卒如此心想。

「該如何是好？」

獄卒束手無策地詢問，但其實艾略特才想問這句話。他瞥了賽克斯一眼，只見這傢伙同樣愣愣地呆站在原處，完全無法指望他。

囚犯的弟弟是謀略派，要是有帶他一起過來就好了……雖然這麼想，但現在叫他過來就像在宣揚自己的無能。

王子為了得出解答，煩躁地抓著腦袋，絞盡腦汁的結論就是依靠蠻力突破。

「把鎖破壞掉！只要剪斷鎖鏈就能打開了！」

艾略特踹了木偶（賽克斯）的屁股一腳。

「喂，派幾個騎士！叫他們帶著工具過來！」

「啊？……！是！」

艾略特聽著身後賽克斯衝上階梯的腳步聲，嘲笑躺在懶人椅上的蕾切爾。

「正因為妳做出這種耍小聰明的舉動，給人的印象才會更差！我馬上就會讓妳恢復妳應得的待遇，連一條毛毯都不會留給妳，儘管想像自己悽慘的模樣，渾身顫抖地等著吧！」

王子以邪惡的笑容洋洋得意地宣告要將女子剝光，那副模樣完全就是三流的反派角色。

前未婚妻轉過頭瞟了沒意識到這一點，哄然大笑的王子後，揚起嘴角哼地嗤笑。

「……要是能如你所願就好了呢。」

⚜

賽克斯帶著四五名騎士回來後，王子立刻給他們看關鍵的掛鎖。

「就是這個。」

「嗚哇……要剪斷這個嗎？」

其中一人慘叫起來，其他人也露出同樣的厭煩神情。這也理所當然吧。

王子用手指拎起的鎖鏈是以約一公分粗的鋼所打造。這裡指的並非鎖鏈的直徑，而是作為原料的鐵材直徑。換言之，這條鎖鏈就像是以約五六公分粗的鐵環串起……相信就算說是城門專用鎖鏈也不會有人懷疑。而如此牢固的東西竟然被用在區區地牢出入口。

為了配合這個尺寸，串住鎖鏈的掛鎖也十分龐大，單憑蕾切爾的纖瘦手臂，恐怕得靠雙手才搬得動。她還細心地將鎖孔朝向從鐵柵欄外側看不見的方向。

「我聽說是要剪斷鎖鏈，所以帶了老虎鉗來，但是……」

騎士拿出的是一般用來剪斷鐵絲等物的特殊剪刀。這是利用槓桿原理增幅施力，讓剪斷物品的力量增加數倍的巨大剪刀。

但是……

「如果是這種粗細的鉛材，或許勉強還剪得斷……」

「這個剪不斷嗎？」

「這鎖鏈是鋼鐵材質吧……況且還不是鑄鐵，而是鍛造的……」

保險起見，兩名騎士合作試圖剪斷鎖鏈。

然而，無論他們再怎麼施力，鎖鏈上甚至連點凹痕也沒有。

「沒辦法。」

「如果兩個人辦不到，就四個人一起施力！」

「殿下……所謂的鋼材並不是粗細加倍的話靠加倍的力量就能剪斷的材質喔。」

「是這樣嗎？唔嗚嗚……不能想辦法處理嗎？難道……難道就沒有其他法子了嗎！」

「雖然姑且也帶了鐵鋸過來……」

由於騎士也準備了可切斷金屬的鋸子，就決定試著鋸鋸看。而他們輪番上陣努力的結果……

「殿下，雖然鋸出了淺淺的傷痕，但是……」

「唔嗯……鋸了將近三十分鐘，只有這種程度嗎……」

照這種速度，恐怕得鋸到黎明了——艾略特差點沒失神，這時最後一名接手鋸子的騎士給他看鋸刃。

「此外，如您所見，鐵鋸的刀刃已經磨平了。」

「……備用的鋸子呢？」

「就算找遍全城，也不知道還有沒有……」

地牢就此陷入一片沉默。

在鴉雀無聲的眾人身後突然爆出壓抑住的笑聲。艾略特回過頭，只見正在看書的千金小姐肩膀抖動著。

帥氣王子瞬間大為惱火，踹了隔在自己與她之間的鐵柵欄。

「喂！妳以為是誰引發了這種騷動！」

「不正是殿下您嗎？要不是您將我關進牢房，會引起這種騷動嗎？不會吧。」

「唔！」

若要追根究柢，確實是這麼回事。

意識到視線集中在自己身上，艾略特頓時面紅耳赤。

到底該拿這傢伙怎麼辦！

原因的確出在艾略特身上，無論是毀婚、定罪或把蕾切爾關進牢裡的人都是他……話雖如此，被「裝飾用的花瓶」愚弄到這種地步令艾略特氣憤至極，他不可能就此善罷甘休。

「喂，拿長槍來刺這傢伙！」

「殿……殿下？」

賽克斯、獄卒及騎士們都吃驚不已時，艾略特大吼大叫起來：

「我不是叫你們殺了她，只要讓她受點傷，她就無法繼續閉門不出，會主動打開門鎖出來！」

「話雖這麼說……！」

賽克斯與騎士們面面相覷。

說起來，雖然王子突然宣布毀婚，基於這道命令將她關進牢裡也很難稱得上是正規程序。王宮包括地牢在內都歸國王所有，因此將蕾切爾關進地牢一事可說是沒有權限的王子擅自使用國王所有物。至少得等外出視察的國王回來，否則無法進一步下判斷。

不僅如此，毀婚尚未獲得正式承認，如果在這時傷了王子的未婚妻將會如何？蕾切爾並未實質犯下任何罪行（雖說欺負了王子的女友，但照理說不可能會因此入獄、處刑），所以如果遵從王子的命令，搞不好反而會受到懲罰。

到時候，怎麼想都不覺得王子會出手相助。就在賽克斯與騎士們默默地互相推諉責任時，等得不耐煩的王子又開始怒罵……到一半突然停了下來。

「喂，你們要讓我等到什麼時候？只要稍微刺一下這傢伙，讓她……」

「？」

王子的話說到一半就停住，狐疑的眾人先看向王子……再順著他的視線望去，接著同樣僵住了。

鐵柵欄裡的千金小姐不知何時站了起來。

而且以明顯十分熟練的姿勢架起弩弓朝向他們。

「竟……竟然還帶了武器進去……？把武器帶進牢裡，未免太沒有常識了！」

「事到如今，您還在說什麼啊？還有，這並不是武器。」

「咦，不是嗎？」

「這是為了行使自衛權的防身工具。」

「還不都一樣，白痴！」

蕾切爾先瞄準了艾略特，卻擺出無論對手是誰都能游刃有餘地應對的架式。而外面的騎士等人手上則毫無能與之抗衡的遠程武器。

這群男人不由得倒退一步，蕾切爾看著他們，露出嘲諷的笑容。

「畢竟殿下既沒頭腦也不擅長忍耐，我早已預料到會這樣發展了。順帶一提，與在街上跟女孩子調情嬉鬧的殿下不同，我很喜歡和父親或叔父一同去打獵，也擊落過不少飛在空中的野鳥喔。」

然後……她展露令人背脊發涼的美麗笑容。

「三年前左右，我們曾在下榻的村莊碰上山賊……公爵家的士兵當然瞬間就將其鎮壓了，但我也幫忙解決了『三隻』左右。換言之……只要是敵人，即使是人類我也會毫不猶豫地射擊，請您記住這點再放馬過來喔。」

不妙。

除了這句話，賽克斯等人說不出其他話來。

這年頭，就算是騎士也不太有實戰經驗。無論是騎士或是士兵，就算能與敵人交戰，要給對方致命的一擊也需要做好相當的心理準備。在戰鬥中意外失手殺害敵人，與明白那一擊能確實奪走對手的性命，兩者所需的是不同的覺悟。能夠流暢地斬殺敵人的老手，在騎士團裡也是屈指可數。

在持續至今的太平盛世中就是如此……但不知為何，此時此地竟然存在一名歷經實戰洗禮的貴族千金。

既然她說「會殺了你喔～」就表示她真的會這麼做吧——艾略特與賽克斯好歹也聽得出這個意思。

蕾切爾可愛地微微歪頭。

「只要不對我怎麼樣，我就會允許你們這群呆頭鵝在外頭參觀。不過若是想加害於我或者突破牢房，我可是會行使自衛權。」

蕾切爾依然帶著笑容，下巴上揚指了指階梯。

「如果沒事就請回吧。」

為什麼自己得聽從囚犯指揮？——這群圍觀的人沒有餘力思考這種事。

聽了蕾切爾這番話，艾略特雙腿發軟，騎士們慌張地將他拖走。雖然看似是守護著主子撤退，不過單純只是因為上司留下的話自己也不能逃跑，才會把他帶走罷了。

順帶一提，獄卒是第一個逃跑的。

總算從震撼中振作起來的艾略特被賽克斯推著走上階梯並大喊：

「既然妳這麼喜歡坐牢，就隨妳高興愛待多久就待多久吧！相對地，我可不會給妳任何餐點或物品！就算妳想出來了，我也不會開門！即使妳哭著求我，我也不會放妳出來！」

蕾切爾重新翻開原本闔上的書，並且打著呵欠回應前未婚夫拋下的臺詞。

「真希望你至少是跟我面對面說出那種臺詞啊。」

蕾切爾並不期待對方回答，畢竟在她說完時，膽小鬼王子殿下早已逃遠了吧。

蕾切爾一邊期待著從明天開始的愉快墮落生活，就這樣抱著書本入睡。

06

【千金小姐偶然耳聞好消息】

這是在蕾切爾被關進地牢的三週前左右的事。

⚜

佛格森公爵家的守門人正在打掃門廊時，看見了在夕陽下歸來的馬車。他朝玄關裡喊：

「小姐回來了！」

屋裡傳來家中的人聽見之後為了出來迎接而慌張地東奔西跑的聲音，守門人也轉身跑向自己的崗位打開大門。他在恰好的時機打開門，刻有公爵家家紋的馬車就這樣維持原速經過他面前。

身為第一王子的未婚妻……或者說未來的王妃，正在王宮接受特別教育的蕾切爾小姐返家了。

由管家與女僕長率領的傭人排在左右兩側鞠躬，蕾切爾則面帶微笑一邊致意，一邊在大廳前進。

她給了詢問今天學習情況的管家簡短的自我評價；針對女僕長確認晚餐時間的問題回答：「和平時一樣在兩小時後。」蕾切爾在這之間也開朗地向鞠躬的女僕和僕人致意，一邊步上大階梯後走向自己的房間……房門一關上，她就這樣癱倒在床上。

「啊～……累死我了……」

蕾切爾趴著發起牢騷，但以貼身侍女蘇菲亞為首，專屬蕾切爾的女僕們並未加以安撫，而是一言不發地替她脫下飾品和衣物。在王宮學習似乎相當辛苦，她一回到家就整個人倒下已經是家常便飯。

這些貼身侍女必須在兩小時內讓枯萎的蕾切爾振作起來、沐浴、重新整裝，回到能與公爵共進晚餐的運轉狀態才行。

女僕們展現靈巧的絕技，在主人維持趴姿，幾乎不需移動的情況下將她脫個精光。

這也是理所當然。從蕾切爾開始前往王宮接受王妃教育起，女僕也努力鑽研各式各樣的技術以協助主人。為了避免造成疲憊的主人負擔，至少得辦到在她躺著的情況下褪去禮服。

只要趁她還站著的時候脫下不就好了？——這裡不會有人說出這種正確的言論，眾人基本上是以蕾切爾的行動為優先。

她們在替蕾切爾披上薄布後倒退一步，換蘇菲亞走上前。她以雙手指尖迅速地從蕾切爾的後腦杓到腳踝，輕撫她的全身上下。

「……講課四小時、舞蹈兩小時，此外是……餐桌禮儀與前往附近視察嗎？」

蘇菲亞以肌肉的緊繃程度推測今天的課程，仍然把臉埋在枕頭的蕾切爾則敏捷地搖了搖頭。

「不對……是講課三小時、舞蹈兩小時、走路方式一小時、優雅的觀劇方法兩小時……還有在僅限婦女出席的場合社交（搏鬥）方式……盡是些令人肩膀僵硬的課程。」

「優雅的觀劇方法是指？」

「以自以為了不起的姿勢抬頭挺胸，一邊華麗地展露笑容一邊熱衷地眺望舞臺——表現出這樣的姿態……但實際上是看著空無一人的舞臺，並且被身為講師的貴婦人們（臭老太婆）指摘『角度不佳』、『要醞釀出王室的品格』等等的課程。最後甚至還說我『眼神空洞，要愉快地閃閃發亮』之類……誰有辦法看著無人演出的空舞臺流露熱情的視線啊……」

「感覺是旁人來看會顯得很蠢的課程呢。」

「就算是從當事人的角度來看也很蠢喔。」

蘇菲亞打了暗號後，不知何時增加了人數的女僕共八人圍住蕾切爾。

「真令人同情……就讓我們竭盡全力療癒疲憊的小姐您吧。」

「……雖然我每次都說一樣的話，拜託手下留情喔……」

「這是當然。」

蘇菲亞回應主人的提醒後，向就定位的部下下達指示：

「今天重點是肩頸與小腿到腳踝！處於相當緊繃的狀態，請澈底執行！所有人上吧！」

「我不是說要手下留情嗎？……唔呀啊啊啊啊啊！」

包括蘇菲亞在內，九人一起襲向蕾切爾——以幹勁ＭＡＸ的力道替她按摩及穴道按壓。

那是不只用指尖，甚至用上手指第二關節或穴道按摩棒的道地按摩……而且是全身同時。身為貼身侍女長，蘇菲亞當然名正言順地負責最為有感(疼痛)的腳底。

「啊嗚！唔啊！噫嘎啊啊啊啊！噫嘻……噫呀噫噫！」

雖然常聽說有人因為按摩相當療癒而舒服得睡著……但攻向蕾切爾的按摩可不是那麼可愛的服務。九人壓制住痛得跳起來的小姐，同時全力幫助她放鬆。

「我說過很多次了！為什麼要全身同時按啦！」

「我也說明過許多次了，時間不夠一次只按一處，沒辦法。」

「妳嘴上說沒辦法，但聲音聽起來似乎很愉快啊。」

「畢竟我只是輕輕戳一下，小姐就痛得彈起來，怎麼可能覺得沒意思呢。」

「如果有勞資糾紛就去罷工抗議啊！」

「這全是為了小姐您。哎呀，您的腎臟……」

「啊嘎啊啊啊啊啊！」

「而且似乎相當疲勞。」

「噗嘎啊啊啊啊啊！」

「……嗯，按壓湧泉穴時也跳得這麼厲害，看來雙腿也累積了不少疲勞呢。莉莎、米摩莎，也重點式地按壓承山與三里穴。」

「是！」

「快～～住～～手～～！」

⚜

女僕將已半失去意識的主人輕輕抬進浴缸，以低溫慢慢熬煮。在全身的雪白肌膚轉為粉紅色時，抬起來並裹上浴巾，接著輕輕地按揉避免按摩後的乳酸堆積。

在這時候讓蕾切爾喝下冰涼的檸檬汁，她才總算逐漸恢復意識。

「……每一天都得接受不僅無趣還令人神經緊繃的王妃教育，甚至附送這種苦行套組……簡直是身在地獄的日子。啊～～真不該成為王子的未婚妻……」

「我們也因此才能每天都過得很愉快。」

「工作壓力應該要用購物或邊走邊吃來發洩吧？」

「購物或享用美食會傷荷包，我也想避免會令人發胖的興趣。說起來，小姐認為這世上還有其他勝過聽您慘叫的娛樂嗎？」

「有吧，一定還有許多娛樂才對。」

蕾切爾冷靜下來後，蘇菲亞一邊監督其他女僕準備晚餐要穿的服裝跟化妝品，同時取出報告摘要。

「有許多事需要報告，不過其中有一件特別緊急且嚴重的事情。」

「哎呀，是什麼事？我們在王宮裡運送機密文件的管道曝光了嗎？」

蕾切爾喝著檸檬汁，歪頭表示不解，蘇菲亞默默地遞出報告書。

「呃～～？『E正在策劃毀棄與首領之間的婚約』……啊？」

就連蕾切爾也不禁發出愚蠢的聲音。

「而且還是『已經下定決心，正在研擬具體計畫』。」

蘇菲亞向默不吭聲地凝視著文件的蕾切爾報告詳細情況。

「之前曾經報告過，王子與他的馬屁精全都著迷於最近開始在王宮轉來轉去的男爵家千金……看來那個女的終於下定決心要成為正妃，試圖著手排除礙事的小姐您了。很遺憾地，其中也包括喬治少爺……證據就是他明明參與並共謀具體計畫，卻沒向家裡報告。」

蘇菲亞報告到這裡，稍微壓低聲音詢問：

「請問您認為該怎麼做……？」

只要蕾切爾動員自己的手下，無論是要擊潰王子的企圖抑或他本人都輕而易舉。蕾切爾培育的密探就是擁有這樣的力量。

「……這個嘛。」

蕾切爾將報告書還給蘇菲亞。

「增加暗語吧。從這段話看來，『首領』指的是誰根本昭然若揭。」

「非常抱歉，在製作暗語表時實在沒預料到會發生這種事態。」

蘇菲亞將報告書收進懷裡，再度抬眼看向主人。

「那麼，該怎麼做呢？」

「這個嘛……情況確實出乎意料……」

蕾切爾瞪著半空陷入沉默，蘇菲亞則靜靜地望著她的側臉。

自己敬愛的蕾切爾的結婚對象。

艾略特王子有華麗的外表，很受年輕女性歡迎，但其實有著不太好的傳聞。如果只是有見不得人的經歷也就罷了，但他單純是個無能得令人覺得乾脆的傢伙。

那可不行。

外表俊秀當然是再好不過，但內在若是配不上英明的蕾切爾，夫妻生活很快就會出問題。雖然常聽說某些無足輕重的貴族其實是假面夫妻，但下一任國王夫妻若是合不來，即使不是蕾切爾的傭人，聽到這種傳聞也會產生危機意識吧。

如果是個對妻子言聽計從的白痴，那麼由蕾切爾操控全局還有辦法處理；然而無能就糟糕了。明明一點用處也沒有，卻只有自尊心跟常人無異。若蕾切爾指手畫腳，確實很無能的他想必會一肚子火，不顧後果地一味反對吧。

現實的問題在於，聽蕾切爾（與潛伏在王宮的眼線）所言，品行端正的蕾切爾與生活隨便的人渣王子可說是極度水火不容。當蕾切爾提點王子要好好做的時候，他還會嫌煩而不肯聽從。

不過是「區區」王子，竟敢忤逆小姐……

蘇菲亞對於不知天高地厚的王家大少爺心懷殺意。只要蕾切爾許可，蘇菲亞甚至打算親手將這愚蠢又無能還花心且不明事理的人渣王子大卸八塊。

順帶一提，蘇菲亞並沒見過艾略特本人，關於他的人物評價是由傳聞推測而來。雖然提醒自己要保持客觀，不過一旦危及小姐的利益就會「稍微」怒上心頭，這是蘇菲亞「可愛」

的缺點。她自認如此。

⚜

蕾切爾放下空玻璃杯後，轉向蘇菲亞。

「那麼具體來說，他們打算怎麼做？」

「是，他們計劃在下個月慶祝社交季揭幕的晚宴上訓斥小姐您，並當場宣布毀婚，由男爵千金繼任為未婚妻。」

「原來如此……畢竟那個場合只有年輕貴族會出席，不需要擔心被父母輩或政界的有力人士當場阻止。這做法是喬治提議的吧。」

「您猜得出來？」

蕾切爾聳了聳肩。

「如果是艾略特殿下，他一旦下定決心，想必連事前的疏通都不會處理，隔天就跑來跟我說了。」

「還真是個白痴呢。」

「畢竟他的評價是『養分全集中到外表去了』啊，而且那時國王與王妃陛下正好前往南部的礦山地帶視察，並與公國進行領袖會談……以喬治來說，真是挑了個好時機呢。」

「應該也有其他策士吧……？」

「目前在殿下身邊的人除了他以外，只有一個對攝取卡路里感興趣的肌肉男，以及七八個毫無個人特色的馬屁精而已。」

「……即使扣除這次的事件，仍是會令人擔憂國家未來的陣容呢。」

「所以陛下也不想讓他掌握實權吧。」

蕾切爾從躺椅上起身，解下裹在身上的浴巾。確認肌膚的熱度已經消退，女僕開始為她穿上新的服裝。

「那麼蘇菲亞，如果殿下想在晚宴上譴責我，把未婚妻換成男爵家的千金……接下來他打算拿我怎麼樣？既然都打算在大庭廣眾下圍剿我，總不可能找個四下無人的地方一刀把我砍了吧？」

「畢竟是一群認為這種做法行得通的公子哥兒，似乎沒考慮這麼多喔。他好像只打算讓小姐您顏面掃地並坦承欺負過男爵千金，逼您賠罪。然後在國王陛下回來後，將您拖到陛下面前逼迫您認罪，如此一來就能順利換掉未婚妻──似乎是這樣的計畫。」

「至於之後要如何處分我，就完全丟給陛下或父親大人決定……應該說根本沒考慮到那一步吧？」

「如小姐明察。」

蕾切爾換上簡單的家居禮服後坐到圓凳上，負責化妝的女僕就將方巾圍到她的頸部，撲起粉來。為了配合喜歡淡妝的蕾切爾，只是稍微撲點粉就結束了，女僕隨即將粉撲換成脣筆，開始替她塗上口紅。

「從晚宴到陛下回來有一週左右的時間吧？就算我乖乖地當場賠罪，難道他沒想過放我回家後可能會遭到報復嗎？」

「雖然說首先就很難想像小姐乖乖賠罪的情景……他們應該是認為只要在晚宴的賓客面前展開一場定罪戲碼，就無法推翻這個既成事實吧。」

「竟然說很難想像……我在宮廷可是以『只有溫順可取的千金小姐』聞名喔。」

「狼即使不呼嚎還是狼喔，社交界如此愚蠢，真是讓人笑掉大牙，哈哈哈哈哈。」

此時，蘇菲亞突然察覺自己漏說了一項資訊，向不知為何有些不滿的主人報告：

「對了，據說小姐您如果不願認罪並改變態度，王子等人打算將您關進地牢，在您哭著求饒之前都將您幽禁在那裡。」

蕾切爾聞言吃了一驚。

「……地牢？」

「是的，他們似乎打算將您幽禁在地牢。」

「王宮裡有那種地方嗎？」

蕾切爾會提出這種疑問也是理所當然。

在這個相當悠閒和平的國家，王宮與地牢這種難登大雅之堂的設施十分不相稱。雖說貴族中偶爾會出現罪犯，但蕾切爾從未聽說有人被關進王宮的牢房裡。

「由於收到情報，我已經確認過了。在面朝後院，被當成倉庫或臨時朝臣宿舍的建築物地底下，有座半地下型牢房。原本似乎是七任以前的國王為了虐待叛徒而特地建的。」

那是宮廷鬥爭仍會見血的時代的遺物。換言之……

「那已經是上百年前的建築了呢……還能使用嗎？」

「畢竟房間裡只有石牆與鐵柵欄，內裝雖然全部拆除了，但上下水道依然有在維護……倒不如說是任水繼續流著，偶爾會有管理設備的官員前往巡邏。」

而負責巡邏的人此刻仍過著幸福平凡的每一天吧。

「……明明沒幾個人會被關進去，空間卻相當寬敞呢。」

看了蘇菲亞遞出的報告書，上頭以速寫方式描繪出的牢房尺寸令蕾切爾睜大眼睛。如果寫在上頭的長寬數字可信，整座地牢似乎有一個網球場大。

「應該是考慮到幽禁於此的人物會是大貴族，所以預留了寬敞的生活空間吧？」

「在建造梁柱與牆壁時，或許還配合了地面樓層的位置呢。」

蕾切爾似乎在意什麼，一邊看著報告書一邊來回踱步。負責飾品的女僕無法替她戴上項鍊，只得跟在身後打轉。

這時，蕾切爾突然停下腳步。追在後頭的女僕急忙替她戴好飾品。

「蘇菲亞，關鍵的晚宴是在三週後吧？」

「是的，是沒錯……？」

蘇菲亞歪過腦袋。她原本以為蕾切爾一定會將人渣王子的企圖埋葬在黑暗中，但這與地牢的情報有什麼關係嗎？

「讓我看看之前的報告中收到的黑貓商會的貿易商品型錄。」

「啊？好的……」

主人說出的話令人愈發摸不著頭緒。

蕾切爾獨自掌握有別於公爵家的諜報機構「闇夜黑貓」，其表面上的招牌就是「黑貓商會」。在打著物流公司名義於國內外各地進行貿易業務的同時，暗地裡也肩負著籌措活動資金，以及定期聯繫各地情報網的工作。雖說是偽裝，畢竟是蕾切爾創設的組織，在做生意方面也絕不馬虎。

女僕連忙奉上最新版商品型錄，蕾切爾在瀏覽過一遍後，仔細研讀了一部分頁面。

平時總是刻意控制表情的蕾切爾這時難得由衷咧嘴一笑，喃喃自語：

「這真是不錯……」

「啊？」

「蘇菲亞。」

「是。」

「殿下如果在三週後的晚宴上毀婚，我就不再是下任王妃了，對吧？」

「是這麼說沒錯……但我不認為陛下會同意毀婚喔。雖然我沒拜見過尊容，不過他應該沒有兒子那麼愚蠢吧。」

蘇菲亞老師的發言相當不遜，不過蕾切爾並不在意。

「問題不在那裡，畢竟陛下不會出席晚宴。」

沒錯，只要當晚沒人能阻止艾略特王子就足夠了。

「殿下如果在晚宴上毀婚，我會否認他定下的罪。」

「哦……」

「然後，只要順利地被關進地牢裡……」

「……順利地？」

蕾切爾舉起型錄，挺起胸膛宣告：

「我就要展開沒有期限的假期！」

能夠與蕾切爾默契十足地一同行動的蘇菲亞等人全都僵在原地。

該說果不其然嗎？頭一個回過神來開口的人也是蘇菲亞。

「小姐……我完全聽不懂您這番話的意思……」

「哎呀，蘇菲亞，要是連妳也不懂，不就沒人能理解了？」

「是的，確實如此。」

蕾切爾開心地以手指輕彈型錄。

「如果殿下毀婚，我就會失去未婚妻的地位。到目前為止還聽得懂吧？」

「是。」

確認蘇菲亞等人點頭後，蕾切爾接著說下去。

「換句話說，我不再是下任王妃，也就沒有接受王妃教育的資格了。」

「是這樣沒錯。」

「這麼一來，我的時間就會空下來了。」

「……會這樣沒錯。」

總覺得情況不妙——女僕們面面相覷。

「所以！正因為至今為止的填鴨式教育十分辛苦，既然時間空出來，我想暫時悠閒地從事自己的興趣！」

「我理解您的歪理了。」

「歪理是什麼意思啊！」

蕾切爾鼓起臉頰，蘇菲亞作為代表向她提問：

「您打算在毀婚……解除婚約後，將空閒的時間暫時用來休假，這點我明白了。」

「沒錯。」

「但這一點……跟『被關進地牢』這部分應該搭不太起來吧？難道就不能適度配合對方的要求，迅速回到宅邸後再前往度假聖地嗎？」

「哎呀，蘇菲亞，這可不行喔。」

蕾切爾就像在訓誡不及格的孩子，用手指輕戳蘇菲亞的額頭。

「逃跑方式若是太半吊子，馬上就會被王妃教育的講師們（臭老太婆）抓回去不是嗎？」

啞口無言的蘇菲亞復活了。

「也就是說，您的目的是以遭受王子監禁這個名義，理直氣壯地逃離薩瑪樹特公爵夫人等人的課程嗎？」

「正～～是如此！」

蕾切爾高舉雙手，同時轉著圈，看來似乎真的很開心。

「不錯吧？不僅能將毀婚的責任推給那個笨蛋，還能逃離『那位』薩瑪樹特公爵夫人等人，獲得暫時什麼也不用做的假期喔！這不是很棒嗎？」

不過，雖然對自認是個好主意的蕾切爾感到抱歉……這項計畫有個缺陷。

蘇菲亞搖了搖頭。

「小姐……一旦陛下回來，人渣王子的蠢話就會告吹嘍。而且在那之前，廢物殿下也抵抗不了薩瑪樹特公爵夫人等人吧？」

「蘇菲亞，姑且還是別在眾人面前說出對殿下的那個敬稱比較好吧？」

蘇菲亞無視蕾切爾的吐槽，罕見地露出失望的表情說出結論：

「因此，您就算被關進地牢，也會在隔天就被拖出來。」

蕾切爾聞言，依然笑盈盈的。

「哎呀，只要不被拖出來不就行了？」

「啊？」

蕾切爾帶著毫無迷惘的眼神斷言：

「只要從內側將牢房反鎖就行了。」

「……將牢房反鎖嗎？」

「沒錯。」

如果不從內側開鎖就無法打開，還可以稱為牢房嗎？

「就是這樣，從現在起要為了愉快的假期做準備嘍！」

「愉快的……假期……？」

看來小姐對入獄的認知與普通人有些差異。

「總之先假設會待上兩三個月，因此需要保存食品等耐放的東西。所謂的罐頭最近似乎也有各式各樣的庫存不是嗎？請黑貓商會挑些不錯的口味吧！作為事前準備，也得在不讓獄卒察覺的情況下一點一點地清掃地牢，並研究如何聯繫與鑽警備漏洞！畢竟是在室內，不需要帳篷，但寢具該怎麼辦才好呢……啊，時間不夠，但有好多事必須打點啊！」

蕾切爾就像要去露營，內心雀躍地做準備。

看著主人興奮的模樣，蘇菲亞等人面面相覷……但認清蕾切爾是認真的，眾人就一齊低下頭。

「明白了。」

蘇菲亞等人將蕾切爾視為第一。

即使想法與世人有差異，仍是小姐的判斷最為正確。

就算是為了逃避王妃教育的現實，只要小姐開心就夠了。

「既然如此，小姐，畢竟是地牢，也得準備大量的照明與除蟲劑。」

「我認為只有最低限度的餐點也不太恰當，應該還需要甜點跟茶吧。」

「無法外出的話，帶些小說或詩集進去應該比較好……」

「哎呀，妳們也興致勃勃呢！」

在沒有半個人制止的情況下，蕾切爾的「愉快休假計畫」就此啟動。

⚜

於餐廳——

「喂，蕾切爾還沒好嗎……從她回來到現在都已經過了四個小時……」

「她原本是說兩小時後……」

「肚子餓了……」

Slow Life of a Young Lady
in Prison, Triggered by
Breaking Off the Engagement
First volume

第 2 章

令人雀躍的新生活

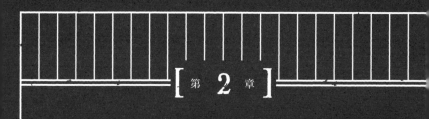

07【千金小姐大啖美食】

如同艾略特所宣告的，王宮不再替蕾切爾準備餐點。

當然也是出於理應處於優勢卻遭到武器威脅而落荒而逃的不甘心，才會故意找碴。

不過最大的目的並非如此，而是為了打持久戰——只要斷糧，蕾切爾就會變得虛弱，最後總會向自己屈服低頭吧。

不僅不送餐點給蕾切爾，獄卒還會每天把應該給她的餐點在牢房前吃完。這是故意當著她的面津津有味地把原本要送給她的牢飯吃光，試圖激起她飢餓感的作戰計畫。

就算蕾切爾再怎麼游刃有餘，應該也料想不到甚至連食物都沒得吃吧。如此一來，剛好藉著自認獲勝時卻面臨斷糧的恐懼，讓她稍微嚐嚐苦頭——艾略特對此自信滿滿。

⚜

因此……

獄卒在鐵柵欄前擺設了一組桌椅後坐在那裡，一邊解說親自端來的餐點一邊自己吃掉。

「哎呀，貴族專用的餐點就連黑麵包的味道也不一樣！口感柔滑還很新鮮，沒有半點餿味，非常容易下嚥啊！」

菜色差也就罷了，獄卒還只會照本宣科地唸臺詞，生硬的程度根本當不了美食記者。聽起來與其說一點也不美味，甚至只覺得糟糕的食物都還比較能夠下嚥。

即使如此，這招也對牢房裡的千金小姐起了作用嗎？蕾切爾對著自己的餐點發出哀嘆的聲音。

「雖然帶了燕麥片來很不錯，但是用奶粉沖泡的牛奶果然還是少了一味……因為有葡萄乾，味道還算過得去就是了。」

「竟然有烤醃雞胸肉啊！雖然是冷的，但相當入味啊，嗯。哎呀，竟然吃得到這種餐點，囚犯未免過得太奢侈了吧？」

「我的餐點也是，雖然是有味道……但這份烤鴨肉因為一直泡在醬汁裡，肉都變硬了。哎，這就是罐頭的極限吧。」

「……甚至還附上甜點，真是豪邁啊！嗯，這顆柳橙的酸味略重，真是太棒了！」

「啊，這個糖漬白桃相當不錯呢，雖然少了新鮮的爽口感，但強烈的甜味就像另一種甜點。」

蕾切爾搬出折疊圓桌與椅子，享用自己帶來的罐頭，與沉默地看著自己的獄卒四目相交後微微一笑。

「保存食品的味道果然還是差強人意呢。獄卒先生似乎滿足地享用了一頓美食，真是羨慕你。」

「哈哈哈！怎麼樣？羨慕的話就快點向王子道歉……混……混帳傢伙——！」

獄卒往上一踹，金屬盤與餐具和桌子一同飛散，發出喀鏘匡啷的驚人聲響摔落石版地上。獄卒眼眶泛淚地朝著鐵柵欄裡吼道：

「妳少說那種言不由衷的話！」

「哎呀，我是看獄卒先生難得吃到美食的樣子，才會特地配合你啊。」

「所謂的貴族惹人發火的技術真不是蓋的！」

「啊，午餐的菜色是什麼呢？我也得配合獄卒先生的菜單來安排才行。」

「夠了！妳挑明著說這種挑釁的手段對妳無效就得了！沒必要用挑釁回報挑釁吧！」

「哎呀，這可不行！身為貴族，得在同樣的擂臺上戰鬥才行。」

「別把人牽扯進那種看似光明正大，其實是在桌子底下互踢對方的陰險鬥爭……」

「這就是你的工作吧？」

獄卒難掩怒氣地指向無論說什麼都不為所動的千金小姐。

「聽好了！妳可別以為這樣就會結束喔！」

「哎呀，真可怕。」

「妳帶進來的保存食品不久就會吃完！別以為妳到時候因為飢餓而低頭，王子就會理睬妳！」

雖然這樣怒吼……獄卒的視線卻被牢房裡高得不像話的木箱山吸引過去。

……這些量究竟有幾個月份啊……？

⚜

在接獲獄卒的報告後，炫耀餐點作戰就此宣告中止。

「可惡！可惡！可惡——————！」

俊美的王子殿下露出絕對不能示人的醜態發著飆。在這令人如坐針氈的現場，身為馬屁精團體的騎士團長公子賽克斯，與公爵家嫡子喬治在一旁屏息看著。幾名順便遭牽連的侍從則縮在牆角努力消淡自己的存在感。

現階段無論怎麼看，蕾切爾都技高一籌。

跟不上蕾切爾那令人措手不及的反應方式，令艾略特王子挺胸頓足。他自負擁有能力，卻因為一再遭遇出乎意料的反擊而應接不暇。如果她是在牢房裡絕食抗議也就罷了，沒想到竟然準備了多得連斷糧招式也行不通的儲備糧食……過於超乎常識也該有個限度。

「該死的蕾切爾……別說是哭著喊餓了，還將挑釁作為用餐時的佐料！」

「根據獄卒的報告，對方甚至游刃有餘到能配合牢飯的菜單……」

「難道不能停止供給她水源嗎？只要無法隨心所欲地喝水，那傢伙也就沒辦法繼續任性下去了！」

「如果要停止就必須破壞上水道的路徑，一不小心可能會害半個王宮無水可用。」

「該死啊——！」

一開始就冷不防吃了對手一擊的王子殿下持久力有點弱。

「該怎麼做？」

面對賽克斯的詢問，艾略特憤憤地開口：

「夠了，除了偶爾巡邏之外就放著不管！過度在意只會讓那傢伙更開心而已！」

以王子來說，這真是難得經過思考的想法——喬治雖然這麼想……卻沒有說出口。因為王子太陽穴青筋畢露地轉向喬治。

「喬治，你壓制得住佛格森公爵家嗎？」

颱風尾突然掃了過來，令喬治在內心縮了縮脖子。不過畢竟是姊姊嚴重觸怒了王子，他早有預期。

「總之，已經運進去的物資目前沒辦法搬出來。哎，無論家父怎麼說，我都不會讓公爵家繼續提供支援。」

「嗯，蕾切爾能做好這麼充分的準備，想必也是仰賴公爵家驚人的財力與人力。只要得知公爵家在你的控制下成了敵方，就算是蕾切爾，一定也會元氣大傷，要做得確實點喔。」

「是！」

其實蕾切爾並未仰賴公爵家本身的力量，而是僅靠自己手上的棋子就做好如此萬全的準備——這一點完全超乎兩人的想像。

不僅如此，無論是艾略特或是喬治，這時候都沒預料到……公爵夫妻已經放棄了自己的嫡子喬治。

⚜

然後過了幾天。

獄卒在午後來到地牢巡邏時，牢房裡的蕾切爾很難得地主動向他搭話。

「獄卒先生。」

「哦？怎麼，腦子稍微冷靜下來了嗎？」

「我認為該讓頭腦冷靜一下的是殿下才對。」

「……什麼啦？」

獄卒望向看起來完全沒在受苦的蕾切爾，只見她正用湯匙品嚐散發香氣的罐頭。看來現在是點心時間。

「獄卒先生，你不再來這裡吃三餐了嗎？」

「是啊，那個已經取消了。不但沒給妳造成打擊，還搞得我像笨蛋一樣。」

「關於這點——」

蕾切爾露出傷腦筋的表情，可愛地歪了歪頭。

「一個人吃飯太沒意思了。」

「哦……妳臉皮雖然厚，還是說得出可愛的話嘛。」

「果然還是得看著獄卒先生哭喪的臉才有獲勝的真實感，否則餐點都不美味了。」

「少囉嗦！給我乖乖看妳的書！」

「對，就是這樣！」

「妳吵死了！」

08【千金小姐整天懶洋洋】

「唔～嗯……」

晨曦照到蕾切爾臉上，將她喚醒。

她從讓賢者一秒變廢人的懶骨頭坐起身，用手背揉揉眼睛，發了一會兒呆。這並不值得自傲，蕾切爾不是能夠乾脆起床的類型。

……再加上她昨晚又因為在意小說的後續而熬夜。

「……不行……爬不起來。」

反正今天也沒有要做什麼。

蕾切爾再度倒回懶骨頭，轉身背對陽光後，隨即又發出了鼾聲。

⚜

艾略特因為棉被被人掀開的衝擊而驚醒。

「做……做什麼！」

定睛一看，一臉冷淡的賽克斯正捧著毯子站在那裡。

「殿下，該起床了。」

「就算是這樣，幹嘛突然掀我棉被？應該還有其他方法吧！」

「不，這個嘛……」

艾略特看向賽克斯示意的方向，只見女僕長與打掃的女僕部隊已經等在後頭。

「……噢。」

是被這些傢伙逼的啊。

要是無視賽克斯，接下來就會輪到女僕長刺耳的聲音與毫無顧忌地打掃周遭的找碴階段登場。

艾略特明白無法硬是選擇睡回籠覺，就慢吞吞地從床上爬起來。

⚜

蕾切爾睡到接近中午，沖了壺茶稍微補給水分，接著開始打開幾個木箱。

「今天的早午餐要吃什麼好呢……」

蕾切爾審視分門別類裝好的罐頭，一邊喃喃自語：「昨天吃了魚……」一邊轉動腦袋。

哎，種類老實說並沒有那麼多。

儘管因為牢房生活不太需要活動，食量也不大，但也因此會考慮菜色搭配，仔細思考後才決定……換言之就是因為太閒，總是猶豫不決半天後才能決定。

「由自己來決定菜單也很有意思呢。」

雖然會決定菜單，但並不是親自下廚。

⚜

或許是因為昨天四處竄逃，艾略特今天在眾人嚴厲的監視下工作。

「……喂，甚至還跟到廁所來，會不會太超過了？」

艾略特這麼說，一臉嚴肅的官員就搖搖頭。

「因為您昨天說了『我要去廁所』後離開房間，結果直到晚上都沒有回來。」

「……那是……呃，因為那個……廁所裡有人，所以我去找空的廁所了。」

「殿下的意思是有人在使用您的專用廁所？」

從廁所回房後，各部會的官員均捧著文件守在窗戶或門邊。

「好了，殿下，單是預定得在上午審批完畢的部分就已經延遲了。由於沒有時間前往餐廳享用午餐，已經替您準備了三明治。」

「意思是我不能休息，必須一直工作？」

「您昨天應該已經休息夠了吧……？」

✤

看書看膩的蕾切爾開始織起東西。

「嗯～～編織是不錯……但要織什麼好呢？」

蕾切爾意外地樣樣通樣樣鬆，雖有技術，卻打一開始就沒有想做的東西。

「仔細想想……現在是用毛線做些什麼的季節嗎……」

她著手準備後，才意識到這令人驚愕的事實。

「那麼，就來替喬治織條圍巾吧。」

✤

艾略特被埋在文件堆裡。

「殿下……請問進度如何？」

喬治戰戰兢兢地詢問，艾略特就以厭煩的聲音回答：

「我完全搞不清楚自己到底做完了多少……」

艾略特向在一旁陸續遞上文件的祕書官詢問：

「喂，還有多少？」

官員推了眼鏡，面無表情地回答：

「殿下，首先請您完成過半的工作再來詢問這個問題。」

⚜

蕾切爾放下棒針，和煦的午後陽光與平靜的風令她瞇細雙眼。

「這種舒適的感覺真不錯……」

現在可不是織東西的時候。

「真是個適合睡午覺的天氣！」

蕾切爾興沖沖地調整好懶骨頭的形狀，正要蓋上毛毯時回過神來。

「等一下……午覺與睡前酒，豈不是最強搭配嗎？」

她連忙打開木箱，開了瓶梅酒。

「只喝一點……嗯，只喝一點點就好。」

話雖如此，蕾切爾卻往玻璃杯裡斟了滿滿一杯酒，開心地舉杯喝下，酒精的刺激感適切地緩和了甜度的粉紅色液體輕輕流向舌尖。

⚜

艾略特對看不見盡頭的政務感到厭煩，吵著要外出。
「真是的……天氣這麼好，竟然得待在室內整理文件，文官們到底在想什麼？」
艾略特一邊碎碎唸一邊走到庭園。跟在他身後的喬治與賽克斯面面相覷。
「話雖如此，文書工作與天氣如何沒有直接關聯啊。」
「反倒是我們騎士團，即使天候不佳還是必須出動。」
「蠢貨，那是大人的藉口！我還只是在尚未成年的見習階段耶。既然如此，就應該替我安排與年紀相符的課程才對吧？」
「話是這麼說沒錯……」
「真是的，竟然監禁未成年人肆意使喚……這違反了兒童福利法！」
「……兒童……？」
艾略特拋下一臉難以釋懷的侍從不管……
他轉換心情，思考著接下來要怎麼做。
「好，就去庭園散步打發時間吧。」
瑪格麗特會不會正好也來了呢——艾略特這麼想著走向庭園……然而正好相反，在前方等著自己的竟是令人痛苦的團體。

騎士團副團長與幾名身穿訓練服的騎士似乎正在等著他，眾人立正敬禮。

「等候您多時了。來，請前往訓練場吧！」

「啊？你們在說什麼……」

艾略特不明所以，在他身後的賽克斯則像是要請求讚美般挺起胸膛。

「因為殿下表示『這種天氣怎麼能待在房間裡』，我就先辦好了手續，讓您在工作間穿插與騎士團練劍的行程了！」

「怪不得文官們那麼輕易放我一馬！不，搞不好他們打一開始就有這種打算了……！」

「殿下竟然主動提出要練習，想法真是令人景仰！」

「來來來，已經準備好嘍！」

「不，等等……」

艾略特就這樣被一群熱血漢子帶走了。

⚜

由於沒人嘮叨，蕾切爾在飽睡一頓午覺醒來時，已經是夕陽餘暉即將消失的時刻。

她連忙點燈，讓差點陷入一片黑暗的室內重現光明。

「睡過頭了……」

蕾切爾不由得反省。

「……要是再睡熟一點，就能一覺到天亮，不會中途醒來了。」

看來蕾切爾還是完全沒有學乖。

「哎，總之就來享用晚餐吧。」

蕾切爾稍微思考後，取出較大的罐頭。今天晚餐的主菜是蒜油燉煮白肉魚。

她打開主菜罐頭的同時準備了酒精燈，身為千金小姐卻熟練地將一併帶進來的馬鈴薯去皮後切成薄片。在事先取出內容物的罐頭裡放進馬鈴薯，上頭重新鋪上魚肉後放到燈上煮。

「呵呵呵呵呵，我的廚藝進步許多呢！這麼做能讓馬鈴薯吸收油跟食材的美味，變得更好吃！啊，真想將這個世紀大發現通知全人類……」

不過就算沒有不諳世事的貴族千金指導，這也是人類眾所皆知的技術。

蕾切爾不知道這一點，一邊頻繁確認煮得如何，一邊哼著歌挑選搭配本日料理的酒。

蕾切爾呼呼吹著熱騰騰的油煮魚加馬鈴薯，然後送進嘴裡。一如預期的味道令千金小姐「嗯嗯～～！」地發出不成聲的叫聲，沉浸在喜悅中。

「啊～～……竟然能夠自己做出這樣的料理，我真是進步神速。嘗試獨自生活果然是正確的。」

蕾切爾趁餘味仍留在嘴裡時，仰頭喝下玻璃杯中的白酒。

「白酒清爽的酸味洗去了魚和大蒜的香味……真令人受不了！」

蕾切爾十分滿意自己準備的料理味道。正因為獨自生活，才能像這樣思考菜色並下廚（？），真感謝笨蛋王子殿下。

千金小姐指尖撫上略顯緋紅的雪白臉頰，「呼……」慵懶地吐了口氣。

「有美味的料理、美味的酒。然後在醉意慢慢浮現時直接躺上後面的懶骨頭（床鋪）！完美！」

朝著廢人方向進步神速的千金小姐就這樣盡情地享受著一個人的晚餐。

⚜

幸好不至於連晚餐都被逼著邊工作邊吃。

由於是專為艾略特一人所準備的晚餐，餐點備妥在靠近他房間的小餐廳（話雖如此，也有張約十人座的桌子），全身痠痛的艾略特搖搖晃晃地坐上主位。

「……今天真是悽慘……」

艾略特顯得無精打采，而坐在他左右的喬治與賽克斯則出言慰勞。

「處理文件（蓋章）的工作大有進展喔，辛苦您了，殿下。」

「副團長也誇獎您相當努力喔，殿下！」

「這樣啊……」

第一道菜豌豆濃湯送了上來，艾略特拿起湯匙。

「……你們都不說『做得很好』啊……」

「……」

「……」

兩名侍從有些不擅長說謊。

鴉雀無聲的餐桌上，只有艾略特「嘶嘶～……」地用湯匙喝湯的聲音空虛地迴盪著。

「噢，話說回來……」

艾略特喝完湯後抬起頭。

「我想見瑪格麗特！在這種心情鬱悶的時候，正需要瑪格麗特徹底的開朗撫慰！喬治，瑪格麗特今天不會來嗎？」

太陽都已經下山了，這位王子殿下還在說什麼蠢話？

艾略特都快抓起頭似的大聲詢問心愛少女的行程，驚訝的喬治與賽克斯面面相覷。

「……殿下，您在說什麼……？」

「看來是因為淨做些不習慣的事而操勞過度了吧……」

「……你們那是什麼反應？」

喬治與賽克斯再次看向彼此。

其實除了已是傍晚以外，還有另一個原因令兩人不知所措。

「因為……」

「……就是啊。」

「到底是怎樣！」

喬治一臉納悶地用中指推了眼鏡的鼻橋。

「您昨天不是才親口說過瑪格麗特今明兩天因為家族旅行，不會前來王宮，您會寂寞得要命嗎？」

「我們要去媽媽從以前就一直很想去的冷牆瀑布喔！嘿嘿嘿，我也會買土產回來給殿下您的！」

綁著雙馬尾的可愛紅髮少女曾靦腆地這麼說……

「您不是昨天才這麼說過嗎？」

「事到如今還在說什麼話？」

艾略特雙手的餐具滑落。

「不行了……我已經沒有活下去的自信了……如果沒有馬上看到瑪格麗特的笑容，我會死的……」

「只是兩天沒見到人耶！您再怎麼說都依賴過度了吧，殿下！」

「欸，殿下，您還要講很久嗎？我可以先吃飯嗎？」

「長達兩天見不到她耶！體感時間就像是兩年那麼漫長！」

「即使體感時間是兩年，現實也只有兩天！她後天就會朝氣勃勃地來露臉啦！」

喬治原本是想導正艾略特的認知，卻使得他更加失去理智。

「後天？竟然要到後天才能見到瑪格麗特……在那之前我就會被官員用文件壓死！」

「話說在前頭，國王陛下與其他王族的各位每天都是這樣處理工作的喔。」

「瑪格麗特——！」

「殿下壞掉了！喂，賽克斯，你別光顧著吃，也勸阻他一下啦！」

「可以等我吃完嗎？」

「現在立刻！」

這場愚蠢的騷動持續到侍女長出聲怒罵才結束。

⚜

蕾切爾對劇情急轉直下的結局感到滿意，闔上了書。

「竟然是這種結果啊……嗯，讀到最後果然是對的。要是煩悶地蓋上毛毯，就沒辦法心情舒暢地睡著了。」

蕾切爾將燈光調弱，讓周遭變得昏暗。讀完美好結局的幸福感盈滿胸口。

「能夠看書看到半夜也不會挨女僕長的罵，果然很棒……明天早上如果很想睡，就繼續睡到中午吧。」

自己也不是沒有偶爾興起去庭園走走的念頭。

不過能夠不在意時間地盡情看書，在喜歡的時間喝茶，試著自己做家事，珍惜自己的時間不也是件好事嗎？

……講白了——

貴族千金平時總是搭乘馬車，原本就不會做什麼運動。她可是連自家庭園都鮮少前往散步的繭居族預備軍，基本上是個只會優先考慮自己方便的任性女孩。

所以只要能夠獨自更衣，就算無法從房間離開也不會感到困擾。

「雖然王妃教育辛苦得不得了……不過如果當成這種理想中的游手好閒生活的引子，或許也不壞。」

在歷經艱辛後獲得了宛如身處理想鄉的每一天，讓蕾切爾覺得入獄果然是正確的，她就這樣邊思考邊躺上床。

⚜

被強行關進寢室後，艾略特悄悄打開窗戶。從昏暗的庭園吹來的微涼晚風輕撫臉頰。

「好……」

在他尋找外出鞋的期間，窗外傳來警備騎士的聲音。

「殿下。」

「什麼事？」

「騎士團也聽說了您在波瓦森小姐外出旅行的期間，產生了戒斷症狀。因此值夜班的人員會確實監視好馬匹與馬車喔。」

「這樣啊……巡邏辛苦了。」

「是！」

艾略特關上窗戶，拉上窗簾後，鑽進被窩。

09【王子知悉千金小姐的想法】

蕾切爾將發出咕嘟聲響的煮水壺從火上移開，並刻意一口氣將熱水注入已經裝好茶葉的茶壺裡。接著將沙漏倒過來放，並一邊蓋上茶壺保溫套一邊看向木箱裡。

「……該吃甜餅乾好，還是糕點好呢？這可是個問題。」

蕾切爾用食指指腹抵著嘴唇下方煩惱著……而艾略特王子冰冷的視線則刺向她端整的側臉。

「……蕾切爾，現在的問題真的是那個嗎？」

「哎呀，殿下！在茶葉已經開始燜的此刻，還有其他應該優先考慮的問題嗎？」

隔了幾天後，艾略特前來牢房確認蕾切爾是否稍微冷靜下來，但映入眼簾的……竟是她優雅地準備享用下午茶的身影。

無論怎麼看，她都沒有學到教訓。

「妳該不會要說沒有吧？」

王子這麼一說，蕾切爾將手抵著下巴陷入沉思。

思考一會兒後，蕾切爾捶了一下手。

「……啊！我還沒選好杯子？」

「妳以為我會在意那種微不足道的差異嗎？」

「糟糕，不好了，沙子在思考期間漏完了。」

「不准無視王子的問題！好好聽人說話！」

蕾切爾不管在自己身後怒吼的王子，刺激鼻腔的芳香令她微微一笑。她嚐了一口茶點，加了滿滿果乾的白蘭地蛋糕令她陶醉不已，又讓一口紅茶流過喉嚨，然後呼地吐了口氣。

「萊恩亭的堅果藍莓果然是最棒的茶點……選對了。」

「……喂，既然滿意了就轉過頭來。妳打算無視本王子的話到什麼地步？」

聽見艾略特如岩漿般滾燙的話語，蕾切爾啣著叉子一臉吃驚地仰望王子。

她嚥下口中的食物，柳眉倒豎地將叉子前端指向艾略特。

「殿下……您身為王子，不能做出這種會被臣子瞧不起的舉動！必須更直截了當地指責無禮之人才行！聽懂了嗎？跟姊姊約好嘍？」

「啥～～？」

蕾切爾帶著得意的神情對前未婚夫（瞧不起的傢伙）說教完，就像辦完事一樣又拿起茶壺斟了第二杯茶。

超乎預期的答覆令艾略特目瞪口呆……他回過神來，額頭青筋暴露，咬牙切齒地嚷道：

「『這樣搞的當事人』還好意思說出這種冠冕堂皇的夢話啊……啊？」

「哎呀！我可是確實醒著喔。就算醒著也滿口夢話的人，有殿下一個就夠了。」

自己說東，蕾切爾就故意說西。

「妳這傢伙給我適可而止！不只是暗地裡欺凌瑪格麗特，甚至在被關進牢裡的現在也絲毫不知反省，瞧不起人……！」

「就是這樣！真是的，為什麼我關在牢裡還非得這樣一一吐槽殿下不可！如果甚至造成囚犯的負擔，會有損王子的名譽。聽好了，殿下，還請您務必留心，要做出符合自己立場的言行舉止，更注意周遭才行喔。」

「咦？抱……抱歉……咦？」

……蕾切爾的道理不太對勁。

在蕾切爾喝完第三杯茶時，艾略特才終於意識到自己被蕾切爾哄住的事實。

「可惡，現在誰還管妳困不困擾！」

「您的反應會不會太慢了？」

「少囉嗦！這不重要，我要問妳！被關進地牢後，腦袋有沒有稍微冷靜一點？」

艾略特指著蕾切爾怒吼。

「怎麼樣？公爵家的千金哪可能忍受得了昏暗寒冷的地牢！妳已經被關在這裡十天了，無論妳準備得再周全，畢竟也只是臨時的住所。就算想虛張聲勢，其實妳也差不多該受不了了吧？」

被他這麼叨念的人則覺得茶喝夠了，茶具組就這樣擺著，躺上讓賢者一秒變廢人的懶骨頭，翻開一本薄書開始閱讀。封面看起來似乎是收集了最近流行的圖畫故事的雜誌。

蕾切爾堂而皇之地忽視艾略特，也沒有回應。似乎覺得手邊太暗，她把擺在桌上的燈稍微挪近一些。

「喂！」

「真是個沉不住氣的人呢……教育指導沒告訴過您，不能在別人讀書時喧嘩嗎！」

「妳才是，沒人跟妳講過別邊聽別人說話邊做其他事嗎……！」

「這點沒有問題，我從一開始就沒有在聽您說話。」

「妳這方面能不能想辦法改一改啊！」

蕾切爾依然把書攤開，瞥了艾略特一眼。

「殿下……依您所見，我像是受不了這裡的生活嗎？」

經她這麼一說，艾略特環顧牢房。

足以隔絕地面寒氣的幾何圖案厚地毯。

雖然很想坐看看，但以王子的立場不能擺在起居室的懶骨頭。

明顯是高級品的茶葉與茶點；明明盡情使用也毫無用罄跡象的燈火。

缺點是內容物有些不均衡，不過也能享用到罕見的外國珍饈的罐頭。

只要能忍受無法外出以及殺風景的牢房，眼前的景象或許比低階貴族的生活還要舒適。

而根據艾略特在這十天內的觀察……這個女人是個標準的室內派。

「呵……呵呵……看來妳的確十分享受這種地牢生活啊。」

「沒錯吧？」

「不過！就在妳被關在這種地方的期間，社會仍在持續運作！對自尊心高的妳來說，賠罪或許是種屈辱，不過還是仔細評估無法出獄的利弊得失比較好吧？」

艾略特以高高在上的姿態指摘，但蕾切爾不屑一顧，一邊翻閱雜誌一邊平靜地回應：

「我當然衡量過利弊得失了。」

「哦？」

「待在牢裡的確無法隨心所欲地外出，也會被世人遺忘。」

「沒錯吧，沒錯吧！」

「不過……」

「嗯？」

艾略特露出狐疑的神情，蕾切爾依然將視線落在雜誌頁面上，平靜地開口：

「只要我還待在地牢裡，我被毀婚一事就還是有效。這麼一來，我就不需要接受王妃教育，不需要接受『那些』負責指導的教師每天嚴格訓練。如果在我出獄後，殿下毀婚一事遭到駁回，我就會立刻被教育指導抓回去。開什麼玩笑，就算只有萬分之一的可能性，我也不要冒那種險。」

蕾切爾這麼一說，讓艾略特開始思考。

他知道負責蕾切爾王妃教育的講師群有哪些人。自己小時候曾因為厭煩那無聊且斯巴達式的管教而四處逃竄，於是被狠狠斥責……不，那種不把王子當王子看，動用武力的方式真的能稱為教育嗎……

艾略特沒親眼見識過蕾切爾所受的王妃教育，但只要知道講師成員，就能想像出那是怎樣的課程了。

雖然沒有行動自由，卻可以隨心所欲地運用時間，每天過著游手好閒的地牢生活；以及既沒有自由，又得每天在好幾名活像狂犬般吠叫的家庭教師圍繞下趴在書桌前，壓抑的未婚妻生活。

換作是艾略特，會選擇哪一種呢……

⚜

賽克斯在馬廄裡確認馬匹情況時，發現艾略特從後院沒勁地走過來。

「殿下，您去過蕾切爾小姐那裡了嗎？」

「……去過了。」

艾略特顯得銳氣盡失的模樣令賽克斯感到狐疑，他照顧完馬匹後開始收拾刷具。

「怎麼樣？蕾切爾小姐有略顯反省之意了嗎？」

「……不，該怎麼說……她完全沒有在反省……不過照這種情況，她就算反省了也不會出來吧。」

「啊？」

艾略特說了令人摸不著頭緒的話，讓賽克斯不知該如何應對。這時，喬治從宮殿方向跑了過來。

「殿下！太好了，找到您了！」

「喬治。」

「哦，喬治，怎麼了？」

跑過來的喬治臉色很差。原本以為是因為跑得氣喘吁吁，不過看來並非如此。

「發生了什麼事？」

艾略特一問，喬治就像啄木鳥般劇烈地點頭。

「在殿下的辦公室裡，有幾位無法接受姊姊入獄的……」

喬治呼吸困難地說到這裡就咳了起來，賽克斯拍了拍他的背。

「唉……又來了嗎？」

艾略特嘆氣。

至今為止，有好幾名空有骨氣卻不明事理的朝臣跟貴族憤怒地前來向艾略特抗議，堅持定罪無效。

「哎，沒辦法，就由我親自去說服對方吧，走了！」

艾略特重振精神，正要前往辦公室時……喬治嚥了嚥口水，朝他的背影擠出追加資訊。

「這次衝過來的是薩瑪榭特公爵夫人等負責教育姊姊的諸位貴婦人（鬥牛犬）……她們尖著嗓子拚命怒罵，大家都不知道該如何應對！」

艾略特停下腳步，當場一百八十度轉身，並拍了賽克斯與喬治的背。

「好，為了消愁解悶，我們去騎馬遠行吧！」

「咦？請問，前來抗議的各位該怎麼辦……？」

「您要現在出發嗎？太陽已經快下山嘍？」

「無所謂！現在就忘記一切策馬奔馳！別擔心，要是天黑了就在郊外的離宮過夜吧！」

艾略特帶著（牽連）兩名侍從，在暮色愈濃的太陽下策馬奔向郊外。

「殿下……就算您逃走，她們還是會再來的……」

「我才沒有逃走！只不過是碰巧想什麼也不思考地策馬奔馳罷了！」

10【千金小姐的藝術魂大爆發】

月光透進黑暗，依窗戶的形狀細長地照亮地板。光線照得到的地方明明亮得足以閱讀報紙上的文字，不過一旦離開那塊區域，就連身旁的黑暗中擺了什麼也搞不清楚。

在靜謐空間裡的光線聚集處旁，把自己埋在懶骨頭上的蕾切爾動了動，坐起身。

「嗯～……是午覺睡過頭了嗎？」

雖然該睡卻完全沒睡意。

由於不會挨罵，自己忍不住開心地狂睡午覺。或許是因為一個人生活而興奮過度了。

蕾切爾放棄繼續睡覺，站了起來。此刻正好能從換氣窗看見月亮。

「……月色真美，今天剛好是滿月嗎？」

蕾切爾瞇細雙眼看著渾圓的月亮散發分外清澈的白色光芒，想到比再次蓋上毛毯更棒的事情。

她重新堆疊木箱，架了一座直達窗戶下方的階梯。

「嘿咻。」

蕾切爾從預先準備的行李中取出看似昂貴的手提箱，爬上搭好的木箱階梯。她坐在最上面那階，把臉湊近窗戶享受晚風。

「對月演奏也別有一番情趣呢。」

蕾切爾從手提箱拿出心愛的樂器，神情沉醉地輕輕撫過後，靠近脣邊。

輕盈的音色響徹滿布星辰的夜空。

⚜

艾略特王子此刻只在睡衣外頭披了一件睡袍，從腳下沾滿泥土的拖鞋可以清楚得知他是急忙從寢室直奔地牢。

艾略特以極度煩躁的表情瞪著蕾切爾，靜靜地詢問：

「蕾切爾，妳有什麼話想對我說嗎？」

在鐵柵欄另一側，仍然手握樂器的蕾切爾拉攏同樣穿著的睡袍前襟，難為情地瞥了王子一眼。

「殿下……您竟然在大半夜潛入少女的寢室，這可不是值得稱許的事喔。」

在隔了一秒、兩秒的沉默後。

艾略特用拖鞋前端踹了鐵柵欄。

「不是這種話吧！妳應該還有其他話該說吧！『給您造成困擾非常抱歉』之類的！既然妳知道現在是半夜，就別在那邊叭啦叭叭叭地吹著喇叭！」

「殿下……這款樂器的名稱是小號喔。雖說同樣是銅管樂器，但就狹義來說，小號與喇叭是不同的樂器……」

「我知道！這種事無關緊要吧！說起來，妳會在大半夜發出這種惱人的噪音，是因為看了滿月，多愁善感起來嗎？」

「是的。」

「在這種情境下吹的是《唱唱唱（Sing, Sing, Sing）》和《棕色小茶壺（Little Brown Jug）》，妳的感性面到底有什麼毛病？」

「哎呀……殿下，您出乎意料地有文化素養呢。」

「少瞧不起人！聽好了，妳下次再這樣試試看！我一定會動員騎士團把妳捅成刺蝟！」

「就算只是嘴上說說，也該說要親手這麼做才對吧……」

蕾切爾目送艾略特怒氣沖沖地回去後，笑逐顏開地把小號收回手提箱裡。

「雖說傳到那裡的機率只有五成，不過因為風向不錯而嘗試挑戰果然值得。」

蕾切爾砰砰地輕拍讓賢者一秒變廢人的懶骨頭，調整好形狀後就心滿意足地躺下。

「啊～……盡情欣賞了殿下出色的哭喪表情，今晚似乎能睡得很好。」

⚜

蕾切爾用完早餐後，下意識地眺望牆壁，突然想起自己有帶油漆來。

「對了，我原本想說牢房應該會很殺風景，還準備了油漆想來漆牆呢。」

由於昨晚的演奏，令蕾切爾產生了些許享受藝術的心情。她興沖沖地找起裝有油漆工具的箱子。

蕾切爾將用來填補木箱空隙的舊報紙鋪在地上，接著在報紙上撬開攪拌均勻的油漆罐。總之先漆了白色打底後，蕾切爾歪頭望著石牆。

「嗯～……如果只是當成壁紙那樣上色，感覺有點浪費啊。」

蕾切爾原本打算先整體漆上自己喜歡的薄荷綠，再仔細於各處繪製花朵……不過看了純白的牆壁後，她總覺得這麼做有點可惜。

「好，就來試著挑戰大作吧！」

靈感翩然降臨。既然無法外出，以風景名勝為概念繪製景物或許也不錯。

⚜

艾略特將手拄在辦公桌上，愁眉苦臉地看著文件，這時喬治戰戰兢兢地向他搭話：

「殿下，您怎麼了……沒有睡好嗎？眼睛下方都有黑眼圈了……」

「嗯……」

艾略特一臉無精打采地低下頭，將額頭抵在拄於書桌的手背上。

「可惡，該死的蕾切爾……！即使躺進被窩，旋律仍然在腦海裡無限迴圈，根本完全睡不著……」

「啊？」

「不，我在自言自語……」

在艾略特勉強挺直背脊時，賽克斯走進來敲了敲門。

「賽克斯……要先敲門再進來。」

「啊，對喔。」

賽克斯原本打算走出去重新來過，不過被煩躁的艾略特阻止。

「禮儀課程等回家再上！你有事要找我吧？」

「沒錯。其實是有人抱怨從地牢傳出異味。」

艾略特與喬治面面相覷。

「……該不會是你姊已經成了腐屍吧……？」

「這是殿下的願望吧，您不是昨天半夜才見過她嗎？臭味不會才半天就擴散開來。」

「不，並不是那種生物的腐敗味，據說是更加刺鼻的臭味。」

「……？」

⚜

來到地牢後，三人因為變了樣的牆壁而吃驚得合不攏嘴。

「妳……妳這傢伙……這是……」

地牢的牆壁直到昨天都還只是普通的石牆，現在上頭卻有著花朵盛開的草原與雄偉的峽谷，背後還有萬年積雪的白色山脈延展開來。活用遠近法、陰影及一點透視技巧的立體風景畫極為寫實，栩栩如生得令人屏息。

然而……

「這裡明明是地牢……」

就算在這種沒人會看見的地方畫了這種畫作……

原來從地牢散出的異味是油漆的氣味。由於蕾切爾花一天的時間用了大量油漆，那股化學臭味充斥整個地下空間。

「話說回來，真是驚人的氣味……蕾切爾小姐不覺得臭嗎？」

賽克斯這麼詢問，正在為花田做最後修飾的蕾切爾就轉過身來拿下口罩。

「一開始的確非常刺鼻，不過聞了半天之後鼻子就失靈了，完全沒有感覺。」

「妳沒有從一開始就受不了嗎……」

「一旦開始畫就不會在意了呢……」

蕾切爾收尾完成，盡可能遠離牆壁，目不轉睛地望著……

「搞不好……」

「搞不好？」

少女歪過頭。

「不該在寢室畫這幅畫？」

「一開始就該意識到啦！」

喬治原本看著蕾切爾與賽克斯隔著鐵柵欄吵鬧地交談，這時突然發現另一個人很安靜。

「咦？殿下？」

喬治回過頭去，看到的是……

「殿下！」

艾略特頭昏眼花地躺在地上的模樣。

「殿下——！」

喬治與賽克斯連忙抱起艾略特，但他已經翻白眼了。

「是因為睡眠不足加上這股臭味吧。」

「現在沒必要探究原因吧？快點到外頭去！」

幾個男人慌慌張張地衝出去時，蕾切爾得出了一個結論。

「哎，畢竟也狠狠惡整了殿下，就當作沒問題吧。」

11【千金小姐盯上晚餐】

艾略特王子走在長廊上，發現一名年輕男子從後院穿過雜樹林往內門的方向離去。雖說宮裡有許多類似的男子，但因為他的服裝剛好不像朝臣，艾略特才會注意到。

「喂，那傢伙是不是很可疑？無論怎麼看都不像是王宮裡的侍者啊。」

艾略特這麼一說，賽克斯望向已經抵達內門的男子。

「那個人……看起來像是城郭一帶簡餐店的員工啊。」

「為什麼那種人會在宮裡？」

賽克斯低語，喬治則傻眼地說道。但艾略特從賽克斯可笑的意見感覺到「某些」無法一笑置之的事物。

「怎麼搞的……？我有種奇怪的感覺……啊！」

艾略特略微思考後，意識到那個「某事物」的真面目，跑了起來。

「到地牢去！」

「咦？殿下，您怎麼了！」

連忙跟上的兩人詢問，艾略特指了映入眼簾的鐵門。

「想想那個男人是從哪個方向走過來的！這件事絕對跟蕾切爾有關！」

「啊！」

⚜

三人氣喘吁吁地抵達地牢前方，目睹的是……

「……就算盯著看也不會給你們喔。」

結束餐前禱告的蕾切爾面對冒著熱氣的餐盤，手握餐具的模樣。

她的面前擺著明顯不可能在地牢裡做出來的複雜料理，那似乎是剛煮好的，美味的香氣瀰漫在室內。

「妳……妳這傢伙……那是什麼？」

王子怪聲怪叫地詢問，蕾切爾低頭看向餐桌。

「沒什麼特別的啊……殿下應該都嚐過才是。腰子派、香草烤乳鴿、南瓜濃湯與薄荷凍，是極其普通的午餐喔。」

「我不是在問妳菜單！妳叫什麼餐點外送啊！」

蕾切爾無視王子，開始用餐。她嚥下鴿肉後開口：

「請問有什麼問題嗎？」

「問題可大了！我不是說過不會送餐給妳嗎！」

「噢，是您嚇得腿軟，還得靠賽克斯大人推著屁股離開時說的話嗎？」

「唔……」

蕾切爾以餐巾擦拭嘴唇，拿起玻璃杯喝了葡萄酒。

「記得您是表示不會送餐，要讓我餓壞對吧。」

「沒錯！」

「不過，您指的是『你們』不會送餐吧？」

「……咦？」

蕾切爾拿刀切起酥脆的派。

「您只說不會送牢飯，但沒說過不能自費叫外送。」

「什……！說……說什麼蠢話！囚犯從外頭叫外賣這種事，根本聽都沒聽過！」

「請問是哪部法典的第幾條第幾項規定囚犯不能在牢房叫外送呢？」

「這……這種事我才不管！但要說起來，以常識而言……！」

「殿下，您以論據詭異的歪理擅自毀棄國王陛下決定的婚約，現在又有什麼資格談論常識？」

「……」

「若要談論常識，將囚犯監禁起來卻不送餐，又該怎麼說呢？」

「唔……妳現在的態度就足以用不敬罪舉發，判處死刑喔！」

「那麼，您首先得設法將我從牢房拖到刑場才行。」

「唔唔唔唔……」

蕾切爾斜眼瞟著無言以對的王子，優雅地繼續享用午餐。

⚜

「唔～外送被禁止了。」

王子命令獄卒禁止業者進入，外送員似乎會在入口被擋下。

喜歡鑽法律漏洞的蕾切爾覺得立法後溯及既往相當奸詐……不過，這點姑且不提。

「話說回來，殿下還是一樣脫線呢，我家的笨弟弟也真是的……在討論禁止外送之前，照理說不是應該先逼人吐出是如何與外頭取得聯繫的嗎？」

這是再自然不過的道理，但艾略特就是個沒辦法多考慮一些的男人。

話雖如此……

「剛做好的餐點果然很美味……真想再吃到新鮮的肉……」

蕾切爾回想起剛才外送的午餐。

「不行，得設法緩衝一下，否則會回不去罐頭食品。」

雖然不能太過奢求，但現做的食物果然有點太刺激了。還想多品嚐一些啊……靈光一閃。

「……對了，慢活的基礎就是採集生活，對吧？」

蕾切爾看向作為換氣窗的狹長窗戶。

⚜

一名身穿豪華服飾的老人與壯年男子漫步在難以說是有在維護的荒涼後院。

「話說回來，艾略特也真令人傷腦筋……偏偏在陛下他們長期遠行時搞出這種事件。」

「雖然受到國王委任，但王子引發的事件還是得提請陛下批准。」

身為國王叔父的王室顧問韋瓦第親王，與宰相奧古斯特侯爵正在渺無人煙之處商討目前的難解問題……正確地說是互發牢騷。

奧古斯特宰相環顧周遭。

「不過，親王殿下，您的散步路線還真是奇妙啊。」

這座堪稱荒涼的後院只有寬敞可言，無人精心整理，並非貴族會喜歡欣賞的庭園景致。

身寬體胖，慈祥和藹的親王一副惡作劇被發現的態度，縮了縮脖子後露出笑容。

「啊哈哈哈，因為這裡相較於維護得漂亮的庭園，有不同的風情啊。」

親王以粗胖的手指撥開恣意生長的雜草，悄悄窺探另一側。

「宰相，你看，比起正式的庭園，有更多野鳥會來到這座更接近大自然的庭園……瞧，老夫最近很中意的是那隻剛降落在池畔的大野鴨。」

與親王一起隱藏在草叢中窺探的宰相也讚賞萬分。

「哦……還真大隻，而且毛色也美。」

「嗯，老夫還偷偷替牠取了『恩里克』這個名字，十分疼愛牠呢……」

正當親王開始介紹自己中意的鳥時……

唰唰！

「嘎啊啊啊啊啊啊啊啊啊！」

「怎麼回事！」

在兩人面前，察覺到什麼而正想飛起的「恩里克（暫稱）」突然大聲鳴叫，接著失速朝地面墜落。周遭的鳥兒也全都開始恐慌，倉皇失措地飛走了。兩人跌跌撞撞地跑向空下來的池畔……

沙！

沙！

只見瀕死而抽搐著，理應無法憑自己力量移動的「恩里克」，竟然朝某個方向一點一點地前進。

仔細一看，恩里克的胸口被前端帶著倒勾的箭貫穿，箭尾還綁著一條細繩——有人正在拉扯那條繩子。

親王與宰相一言不發地追尋那條不斷延伸的繩子，最後抵達附近的舊建築牆邊。雖然不容易察覺，不過在距離地面約十公分高的位置有個橫向長方形縫隙，比兩人慢抵達的「恩里克」就這樣被拉進縫隙裡。

「……」

兩人沉默地面面相覷，接著聽見洞穴裡傳來年輕女子的歡呼聲。

「哇！捕到相當大的獵物呢！不錯，真是不錯，有一吃的價值！」

宰相由聲音大致推測出是誰，他蹲下身子向對方搭話：

「方便打擾一下嗎？妳到底在做什麼？」

「咦?問我嗎?」

在有些困惑的回應後,少女說明了自己在做什麼。

⚜

當艾略特與侍從一同走在走廊上時,看見叔公韋瓦第像個孩子似的哭著從另一頭跑過來,後方還追著試圖安撫他的宰相。

「嗯?」

艾略特等人不曉得發生了什麼事而駐足觀看,發現艾略特的親王就一邊嚎啕大哭,一邊攫住他的前襟。

「艾略特,你這混帳!」

「咦?我?我做了什麼嗎?」

「都是你……都是你害的……」

「叔公大人,怎麼了?我……不對,在下做了什麼嗎?」

要拉開不養生的老人家輕而易舉,但國王夫妻不在的現在,他可是代為管理王宮的王族之首,自己不能疏忽怠慢。賽克斯與喬治也不敢碰國王的叔父,只能面面相覷,不曉得該如何是好。

「嗚嗚嗚……都是你害的，恩里克牠……恩里克牠……」

「咦？恩里……誰啊？」

「恩里克被蕾切爾小姐吃掉啦！」

「蕾切爾——！」

⚜

當艾略特等人趕到地牢時，只見獄卒一臉束手無策地坐在地牢入口前。

獄卒看見王子等人便連忙起身，陣陣濃煙從他身旁冒出。

「喂，這到底是怎麼一回事！」

「這個嘛……」

獄卒一臉歉疚地轉頭看向冒出煙霧的門口。

「小姐在裡面堆了篝火。」

「篝火？在地牢裡？」

「她有調整火力，應該不至於缺氧……」

「那種事一點也不重要！竟然在牢房裡生火，那傢伙到底在想什麼？」

獄卒搔了搔頭。

「聽說是因為拿到了新鮮鴨肉，想烤來吃。」

「那個混帳傢伙——————！」

走進地牢一看，煙霧都積聚在天花板附近，並沿著階梯上的入口冒出，因此地下空間出乎意料地沒什麼煙。

牢裡的石版地重見光明，蕾切爾把內容物用完的木箱敲壞作為柴薪，堆起小小的篝火。她在上頭擺上鐵板烤肉，發出滋滋聲響。賽克斯搞不清楚情況，循著味道抽動鼻子。

艾略特無視想吐槽各種情況的環境，指向正認真地翻動鴨肉的蕾切爾。

「蕾切爾！不准在地牢堆篝火或烤肉！」

蕾切爾專心地烤著肉，看也不看王子一眼，只簡短回了一句話：

「沒有那種規定。」

「那還用說嗎？哪個世界裡會有在牢房生營火的白痴！」

艾略特捶胸頓足、大聲怒吼，而看著烤肉評估熟度的蕾切爾瞥了他一眼。

「這個嘛～～……畢竟要就事論事。如果因為沒能獲得食物而感到飢餓，相信任誰都會這麼做吧。」

「這種事就算翻遍古今中外也沒聽過啦。」

「哎，畢竟在討論這點之前，單是牢房裡有弓箭就很神奇了。」

「換言之，能夠做出這種事的人只有妳……！」

艾略特以厭煩至極的神情詢問：

「『因為沒人送飯，我只好自己打獵』。妳似乎是這麼告訴叔公大人的吧。」

「對，我的確是這麼說的。」

蕾切爾將灑了鹽的鴨肉送進嘴裡，露出幸福的表情。艾略特指著她。

「那麼，只要送餐給妳，妳就不會擅自做出奇怪的事了吧！」

這是最大限度的讓步！

艾略特一點也不想讓這個性格惡劣的女人稱心如意……但因為叔公大哭大鬧地對自己發了一頓脾氣，為了避免再次發生這種事，他只好悲痛萬分地決定中止斷糧戰術。

可惡，該死的蕾切爾……妳就趁現在暢所欲言吧。不過，包括妳現在盡情地為所欲為的份，等父王回來，我一定要將妳的罪狀全部舉發。

極盡所能地瞧不起自己的蕾切爾根本已經可以判處死刑了——艾略特開始這麼想。不過，他並不知道蕾切爾其實還沒使出真本事。

艾略特一開始只是打算將她逼到絕境讓她屈服，然而這種做法反而讓她恣意妄為，對我方的傷害甚大——主要是對艾略特的神經。

總之，只要能繼續讓她與世隔絕就夠了。只要能讓這傢伙閉嘴，自己至少還願意扔一塊隔夜麵包過去。

不懂別人想法，津津有味地享用完餐點的蕾切爾，這才頭一次轉向提出慷慨提案的偉大的艾略特王子。

「殿下送來的食物……誰知道裡面放了什麼，我不需要。」

Slow Life of a Young Lady
in Prison, Triggered by
Breaking Off the Engagement
First volume

第 3 章

積極向前邁進

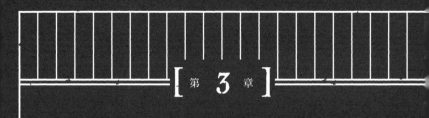

12【千金小姐收買獄卒】

由於一直看書會肩頸僵硬，蕾切爾在白天也會試著做些刺繡等等的事。

在專心地繡手帕好一會兒後，蕾切爾放下手中的針線，望著剛好到一段落的刺繡。

她看著只完成輪廓的花朵，輕聲低喃：

「嗯～……太過安靜了。」

她指的並不是刺繡。

早在一個月前，也就是在王子開始密謀時，蕾切爾就已經掌握了毀婚的相關情報。

不過，雖然事先做好預防萬一的準備，蕾切爾卻沒有阻止計畫……這是因為這樣「似乎比較有趣」。

她想見識蠢蛋王子與他的那群隨從能做到何種地步。

而且只要被押進牢房，到國王駁回毀婚之前都可以不用接受王妃教育。

還可能會有預期之外的突發狀況，令她感到興奮雀躍。

蕾切爾原本是抱著這樣的想法配合王子的陰謀……誰知道艾略特出乎意料地膚淺。明明都過了一週，他除了斷糧戰術外完全沒有其他計策。

「虧我還甘願出醜……真無趣。」

蕾切爾原先幹勁十足，打算要是王子使出各種骯髒的手段，自己就一一反擊。

她啜飲了一口已經涼掉的茶，高級茶葉那即使涼了仍殘留著的清爽香氣竄過鼻腔。

蕾切爾看著空無一物的半空一會兒，微微一笑。

「也是，被動等待太不符合我的風格了。雖然至今為止都以為王子會出什麼招……嗯，還是由我主動出擊吧。」

⚜

由於越獄大多會趁著夜色，獄卒也會在晚上巡邏。

「話是這麼說，現在關在王宮牢房裡的只有小姐一人……我實在不認為她會越獄……」

話雖如此，工作就是工作。

獄卒發出噠噠的腳步聲走下地牢，只見調暗的照明中，公爵千金坐在地板上。她似乎醒著，身子靠著懶骨頭，從狹小窗戶眺望著天空。

「妳在做什麼？」

獄卒純粹感到疑惑地詢問。在月光照耀下，美麗的臉龐轉了過來。

「哎呀，獄卒先生，真棒的夜晚……現在正好看得見月亮，所以我在賞月。」

蕾切爾這麼說完，用指尖端起平底小玻璃杯，仰頭喝下內容物。飄散的芬芳令獄卒露出疑惑的神情。

「喂喂喂，公爵千金竟然喝威士忌啊……」

威士忌是很烈的酒。而且既然她是直接用小酒杯喝，表示沒有摻水吧。偶爾會有些貴族男性愛喝，不過這基本上是屬於勞工階級的酒，與社交界無緣。

「哎呀，從香味就聞得出來，你相當喜歡嗎？要不要來一杯？」

「妳已經喝醉了吧……呃……咦咦？」

蕾切爾顯得心情愉悅地搖晃酒瓶，傻眼的獄卒……再次確認她手中的瓶子後大感驚愕。

「喂，那不是三十年的『聖瓦倫丁』嗎？」

「哎呀，你真清楚。」

「妳竟然喝這麼驚人的酒……這可是比我兩個月份的薪水還昂貴咧。」

「我只是從父親的酒窖拿了一瓶未開封的出來而已，算不了什麼。來，酒杯給你。」

「不，以立場來說，我不能接受……呃，但是，是三十年的『聖瓦倫丁』……」

「還有下酒菜喔。」

千金小姐拿出的盤子裡有鹽漬牛肉薄片、葡萄奶酥、醬菜、煙燻起司與抹了鵝肝醬的蘇打餅乾……

「來，幫你斟滿……」

「哦哦哦……這就是那款三十年的酒……！」

要是對方帶來你喜歡的傳說中的珍品，送到你面前表示也有你一份，有哪個獄卒會不願收下呢？（不，沒有。）

獄卒忍不住接過酒杯，無法徹底抗拒地一飲而盡，褐色瓶身就從鐵柵欄裡探了出來。

「你的喝法真是豪邁。來，遲到罰三杯喔。」

正當獄卒覺得眨眼間喝完珍品有些浪費時，芳醇的琥珀色液體又斟滿了酒杯。

兩杯、三杯，接著第四杯。在舌頭逐漸習慣後，蕾切爾又推薦他另一款酒。獄卒終於連工作也忘了，愉快地暢飲起來，連蕾切爾從途中就不再繼續喝酒都沒發現。

「威士忌果然還是要純飲，流過喉嚨的餘韻真不得了。」

「妳懂嗎？這種竄進鼻腔的芳香真令人受不了啊！小姐，妳很能喝啊。」

「不不不，獄卒先生才是呢。啊，要不要吃巧克力？」

「喔喔！不好意思！」

獄卒已經喝得酩酊大醉，蕾切爾就在他醉得毫無防備時猛灌迷湯。蕾切爾以名酒盡情款待，讓他愉快地喝著，甚至還拿到一瓶未開封的酒當伴手禮……

「哎呀，一聊才發現小姐妳其實相當明事理啊！」

「呵呵呵，別看我這樣，我自認待人態度還不差呢。不過艾略特殿下總是把『我怎樣我怎樣』掛在嘴邊，不是講不聽，是無法溝通……令人厭煩。」

「我懂我懂，無論怎麼看都是王子殿下的頭腦不好啊。嗯，不是小姐妳的錯！」

愉快喝酒的記憶完全壓過了獄卒原本懷疑對方是在拉攏自己的猜疑心。蕾切爾低喃的話語就這樣輸入了獄卒的腦海。

到解散的時候，獄卒因酒精而溷濁的思考能力已經烙上「王子＝愚蠢且邪惡；蕾切爾＝可憐且善良」的公式了。

「夜色已深，回去時請留意腳步，可別把難得收到的威士忌摔破嘍。」

「哦，包在我身上！啊，對了！在需要與王宮外聯繫時我會給小姐妳方便的，如果還有什麼好康的也拜託啦！」

「好的，我知道。只要能與外界自由通信或會面，我想應該能收到更多好東西的。」

「真可靠啊。好，這方面就交給我想辦法吧。」

「拜託你了。」

⚜

在獄卒腳步踉蹌地走上樓梯，捧著珍惜的伴手禮搖搖晃晃地離開後……

一股黑暗的氣息從地牢入口前的房間光線不及的角落迅速起身，來到牢房前問安。

「小姐，您用不著特意交代那種微不足道的官員，大部分的事靠我們就能處理……」

蕾切爾整理了懶骨頭的形狀作為床鋪，然後咧嘴一笑。

「這與宮門那些人是一樣的，重點在於要讓他們偏向我甚於朝臣或王子。尤其是對我的計畫而言，如果想當面辱罵艾略特殿下，就需要他們的同情與協助。」

「是，非常抱歉，我多管閒事了。那麼宅邸那邊就按照前些日子所說的準備。」

「拜託了。」

氣息再次從黑暗中消散，蕾切爾瞥了一眼後，蓋上毛毯關了燈。

13

【千金小姐打發時間】

蕾切爾透過鐵柵欄遠眺晴朗無雲的天空。

「天氣真好……雲雀飛得那麼高。」

一旦被關（固守在）進昏暗的牢房，偶爾還是會想念自由的外界。

「話雖如此，我也出不去……」

與其說出不去，應該是不出去就是了。

蕾切爾突然覺得摺個紙飛機拋出去或許會挺有意思的。如果紙飛機能代替無法外出的自己，懷著願望飛上高空……

她尋找紙張時，找到了一疊正面隨意寫了東西的紙。反正已經不需要了，就用這個吧。

「所謂的紙飛機……出乎意料地深奧，相當有意思呢。」

根據摺法與形狀，飛行方式也截然不同。有的即使摺得漂亮也飛不遠；有的雖是薄紙，卻能乘風飛到圍牆的另一側。

蕾切爾熱切地改變摺法，丟出一架架的紙飛機。白紙往各處飛去，有的一度落下卻又被風吹起離開地面，真是有意思。

直到準備的紙張用完為止，蕾切爾一直從小小的窗戶向天空挑戰。

⚜

艾略特突然仰望天空，發現低空處有紙屑飛舞。

他原本並不需要在意這種事，會注意到是因為那些紙張不斷地以不同的形狀飛出來。從看似紙飛機的形狀到只是捲成圓筒形的紙張都有，很明顯是有人摺的。

艾略特撿起乘風飛近的其中一架，只見上頭似乎有些文字。

「嗯？」

他拆開一看，紙上以漂亮的字跡寫著一些內容。

『獨家！王子的長髮是用來掩飾禿頭？』

艾略特不由得鬆手放掉紙張，又急忙在紙被風吹起前撿了起來。

「這是什麼？」

他連忙將其他紙飛機也收集起來。

『帥哥王子與白癬菌的十年戰爭　～與足癬永無止盡的絕望之戰～』

『城郭妓院裡有專用客房　來店招呼語為「歡迎回來」　令人傻眼的王子糜爛私生活』

『王宮譁然！　全科滿江紅的衝擊　不會讀書的王子殿下令大臣無話可說！』

艾略特瞥了一眼，差點沒昏過去，手中的紙險些被風捲走，他連忙重新抓穩那疊紙。

「這些假八卦是什麼？該不會已經到處飛散了吧！」

艾略特環顧周遭，到處都是白色紙飛機。

「喂喂喂喂喂！」

不只如此，從城牆外甚至傳來城郭的孩子們隨意套入曲調吟唱的歌聲。

「王子殿下騎著馬～

前進一步滑下來～

前進兩步滾下來～

前進三步後退兩步～

啊～啊～說起來他原本就不會騎馬～

因為艾利是個笨蛋啊～」

⚜

彷彿滾落一般衝下階梯的腳步聲在地牢裡響起。

「蕾——切——爾——————！」

艾略特手持長槍，隔著鐵柵欄將長槍刺進牢房。

「妳這傢伙——————！去死！現在立刻去死！馬上給我去死！」

牢房深處，躺在懶骨頭上看書的蕾切爾瞥了刺進來的槍尖好幾次。

「殿下，騎槍雖有衝擊力，但攻擊範圍窄。難道連這種事都得由區區女子告訴您才會明白嗎？」

「妳給我稍微露出害怕的神情啊！這個天不怕地不怕的臭女人！」

「您的優點明明只有容貌，這種遣詞用字不太恰當喔。」

「要說不恰當，有比妳的所作所為不恰當嗎？」

艾略特將收集起來的紙張甩到鐵柵欄上。

「這是什麼？竟敢做誹謗中傷的傳單四處散布！妳這個骯髒至極的女人，竟然羅列這種謊言來貶低我！」

「憑一方當事人的片面證詞就將人定罪的人，還好意思這麼說啊……」

蕾切爾看向擺在眼前的一堆紙，又看向艾略特。

「我並沒有誹謗中傷殿下您的意思。」

「那這是什麼？散布這種東西，我倒要聽聽看妳打算怎麼辯解。」

蕾切爾坐起身，將書闔上。

「請問哪裡寫著誹謗中傷殿下您的內容了？」

「還敢問哪裡……無論怎麼看，上面都只寫著這樣的內容不是嗎！」

蕾切爾指著其中一張飄進牢房裡的紙。

「請您仔細看看，上頭只寫了『王子』不是嗎？您知道全世界有幾百位王子嗎？您竟然對號入座，是不是有些被害妄想的症狀？請御醫檢查過了嗎？」

「妳以為是誰害我累積了這麼多壓力……？城外的孩子們還唱著『艾利』這種明顯毫無敬意的歌！都把人名放進去了！」

「殿下的意思是『艾利』指的是您？那也有可能是指『艾利斯』、『艾林頓』或『艾爾欽』啊。真是的，殿下實在是太自作多情了。」

「在這個國家！身為王子！又能暱稱為艾利！符合以上條件的人根本就只有我嘛！開什麼玩笑！」

蕾切爾眉間緊蹙。

「您最近變聰明了呢……真不可愛。」
「那是什麼高姿態？妳的言行舉止早就超越不敬的等級了！」
「反正我都已經做了，就算再增加一點，罪狀也不會有所改變。」
艾略特瞪向牢房裡。
「也就是說，妳承認自己侮辱了我是吧？」
蕾切爾無視在柵欄外吱吱威嚇的黑猩猩王子，翻開了書。
「就說了，我並沒有誹謗中傷您。我確實為了打發時間，摺了紙飛機扔出去，不過我只是用了手邊的廢紙罷了。」
「廢紙？那種內容的？到底寫了什麼才會冒出那種廢紙啊！」
「我碰巧跟地下出版業者承接了文案工作作為副業。那是八卦報導的候選標題喔。」
「公爵千金在哪裡接什麼打工啦！」

⚜

「殿下蠢到這種地步，令人不禁頭痛……竟然沒吐槽我在牢裡接副業打工的事……」
王子終於向蕾切爾報了一箭之仇！……可以這麼說嗎？

蕾切爾一邊喃喃自語，同時將木箱裡的書全部取出。

「嗯～……果然已經把帶進來的書全部看完了嗎？」

雖然一一準備好看似有趣的小說，卻因為自由時間過多，全部看完了。重讀書籍也別有一番樂趣，不過要這麼做還太早。

「刺繡也正好告一段落了。」

蕾切爾將喬治唯一一件好衣服（擅自）帶進來，並（未經許可）繡了帥氣的花紋。

她在黑色短斗篷上，以金線與銀線精心繡上鳳凰與龍大戰的場面。只要披上這件斗篷，與喬治那副以知識分子自居，看似不悅的眼鏡臉相互襯托，可說是絕配。「嗚哇！是沉浸在無所不能感當中，令人目不忍睹的傢伙。」或「那傢伙到底幾歲了……還以為『我是天選之人』嗎？」想必周遭的人也會如此竊竊私語，加以讚賞吧。

「這麼一來喬治想必會大受歡迎。為了弟弟，我這個姊姊真是努力。」

他想必會哭喊著感謝自己。之後再請人偷偷把斗篷放回衣櫃裡吧。

就這樣，由於各項興趣都已經暫告一個段落，蕾切爾沒了能打發夜晚閒暇時光的事情。

「畢竟吹奏樂器與打獵都被禁止了……」

雖說刻意犯規也很有趣，不過她現在覺得王子很煩，要是大半夜衝過來，她可受不了。

「真是的，竟然在深夜跑到妙齡女子的寢室裡吵鬧，殿下實在是不夠謹慎。」

蕾切爾說出極為正確的言論——只要原因不是自己——之後，環顧周遭思考著要做什麼好。

這時，信紙映入蕾切爾的眼簾。雖然把廢紙摺成紙飛機扔出去了，但還堆有許多白紙。

「對了……如果沒有小說可看，就來挑戰自己寫吧。」

這不是自誇，蕾切爾很擅長創作，她之前也有一些寫作經驗。雖然沒寫過長篇作品，幸好現在多的是題材與時間。

「嗯～主角是小國王子貝略特，愚蠢、忠於自己的欲望且不擅長思考難題……會掉進地洞、被馬瞧不起，而且一見到女孩子就想追求。」

她一列出角色設定，故事與配角也隨之湧現。單是條列整理就有種會寫出鉅作的預感。

「嗯，很不錯！如果沒有小說可讀，自己寫就行了！」

蕾切爾準備好手邊全部的紙與墨水，把燈移近自己後握住筆。

⚜

幾天後的夜裡。

趁著黑暗出現在鐵柵欄前的女子悄聲向面對桌子振筆疾書的蕾切爾搭話。

「小姐，由於您說急需，我趕緊送過來了……但您需要這些物品做什麼呢？」

她靠近柵欄，將帶來的物資遞進牢房。分別是四五捆以褐色油紙仔細裹好的厚厚信紙，以及用兩三個厚紙箱各自裝著的成打墨水瓶。多達兩三千張的信紙與分量十足的墨水，照理說不是一個人會使用的量。

「這不是公爵家的東西吧？」

「是，這是在市街上購買的商品，無論流到誰手上都查不到出處。」

女子點頭回應蕾切爾的詢問後，蕾切爾將一大疊紙交給對方。那是已經寫完的作品，易於閱讀的漂亮麗字體在紙上工整地排列著……不過，分量相當多。

眼睛下方冒出黑眼圈的蕾切爾對確認內容物的部下笑著開口：

「妳知道擅長隱藏作者真實身分發表的地下出版社吧？」

「是，我心裡有底，不過……？」

「把原稿送到那裡，迅速散布到市內。我不收版稅，所以請對方壓低售價，盡可能提高印量，並在整個王都兜售。」

蕾切爾將剛寫完的結尾也追加交給部下，然後揉了揉眼角。今天再怎麼說都該睡了。

「啊……好久沒有這麼全神貫注，我累癱了……」

部下確認了內容後歪過頭。

「小姐……老實說，我不認為這是需要勉強自己立刻完成的事……」

「妳不懂所謂的創作。身為創作者，會想趁瞬間閃現的熱情尚未冷卻之前傾囊而出也是理所當然……呵呵呵……我不知不覺就乘勢完成了《愚蠢王子大冒險》系列三本，以及外傳《殿下盯上我》兩本呢。」

雖說「貝略特」王子丟人現眼的本篇並非創作，而是寫了許多真實經驗，但反正有添上「本故事純屬虛構」，應該還好。

外傳則是以成為騎士為目標，愚笨而純真的少年「漢克斯」能力意外獲得王子認同而出人頭地的故事。親切的王子將他收為王子專屬騎士，但其實別有用心的王子盯上了漢克斯……就是這樣的胡鬧喜劇。

市內識字的人如今增加了許多，小說很受歡迎，評論界也很活躍。只要故事有趣，一定會有人願意看吧。

「既然都特地寫出來了，我希望能盡量不限定受眾，讓多數人閱讀……我也會繼續撰寫續集，就拜託妳嘍。」

「是！」

部下一度鞠躬，但並沒有直接離開，而是翻起了原稿。

「小姐。」

「什麼事？」

「頁碼有兩處標錯了。此外，關於《殿下盯上我》的高潮情節，從『艾略特』強硬逼近『賽克斯』的『啊～～！』到『我被玷汙了……』的段落，連續三回會不會讓讀者感到厭煩？還有這是我個人的感想，我比較喜歡由賽克斯當弱氣攻。」

「……我沒要求妳兼任編輯。好吧，如果看到奇怪的地方就隨意修改吧。」

⚜

面對帶著自行投稿的小說前來，表示希望能以地下管道出版，真實身分不詳的女子，Mouse & Rat 商會的負責人魯賓遜一邊用手帕擦拭自己牛山濯濯的頭頂，一邊堆出笑容。

「那麼，出版條件我明白了。畢竟我們表面做的是與印刷廠完全無關的生意，隱瞞出處這點請包在我身上。我會以甚至讓人無法察覺與敝公司有關的方式散布……話說……」

魯賓遜翻開原稿的兩處，並指出意義分別相同的地方。

「在第一集的一開始，王子名叫貝略特，騎士名叫漢克斯，但寫到後面就成了艾略特王子與騎士賽克斯，請問作者是否參考了什麼人物？我想其中一邊應該是角色原型的名字，該統一用哪個名字才好？」

雖說是自己國家的王族，但徹頭徹尾是個平民的魯賓遜並不清楚雲上人物的名字。而負責辦事的女僕則受到蕾切爾的影響過深。

「我想，就統一為艾略特與賽克斯吧。」

⚜

艾略特最近覺得賽克斯有些疏遠，總會與自己保持微妙的距離。

「賽克斯，你怎麼啦？」

「沒事，殿下，您不必在意。」

賽克斯露出含糊的笑容，遮掩著臀部拉開距離，艾略特則對此歪頭感到納悶。

14【王子被議論牽著鼻子走】

「我才幾天沒過來看看狀況……喂，蕾切爾，這是怎麼回事？」

聽見已經十分熟悉的艾略特王子的怒吼聲，蕾切爾掀開眼罩瞥了他一眼。

「真是的，殿下……您跑來女性的寢室亂罵一通，小心洩漏底細喔。」

「我可是這個國家的王子，不是需要隱瞞出身的鄉巴佬！說起來，既然妳主張這裡是妳的寢室，那起居室在哪裡？」

「那麼就請將牢房改建成兩房。」

這時，喬治戳了與蕾切爾爭辯不休的王子的肩膀。

「殿下，討論內容離題了。」

「對喔……蕾切爾，我想問的不是這個！而是要問這座牢房的內部到底是怎麼回事！」

「咦～～……不是跟之前一樣嗎？有什麼好奇怪的？我要睡覺嘍。」

「完全不一樣吧！妳是不是打開牢房門進出過！」

「『我』沒出去啊。」

蕾切爾愛睏地說著，重新戴上眼罩，蓋上羽絨被只露出一顆頭。

牢裡原本有大量木箱雜亂地堆積成山，不過現在已經重新堆疊整齊，使得空間寬敞許多。這也就罷了，或許是蕾切爾為了打發時間而重新整理。

然而……

「妳前陣子不是都還睡在懶骨頭上嗎？那個附頂蓋的床是從哪裡冒出來的？」

「嗯～……原本就有啦。」

「那麼，那條絨毛地毯與附踩凳的可調式座椅呢？上頭能煮東西的煤油爐呢？重點是窗邊的寫字桌根本不是能從這道門搬進去的尺寸吧！妳是怎麼帶進去的！」

「嗯嗯～……真吵……就說是原本就有的啦。」

「妳少騙人了！」

或許是相當想睡，蕾切爾隔著眼罩揉了揉眼睛，接著拉扯垂在床外的繩子。隨著「唰——！」的滑輪滾動聲，鐵柵欄內側有布簾降了下來。

布簾外側以大大的字寫著一句話：

「非營業時段」。

「……咦咦～…………」

⚜

艾略特的辦公室裡聚集了將近十名少年。

個個都是像賽克斯或喬治這種有權有勢的貴族子弟，他們是艾略特的馬屁集團兼瑪格麗特親衛隊。雖然總是由賽克斯與喬治代表發言，但其實每天都會有好幾個人像金魚糞便般緊黏在艾略特身後。而今天則無關是否有事，王子將所有人召集了起來。

雖說在沒有特別活動的情況下全體集合的情況相當罕見，但畢竟現在發生的事態可不只是舞會的騷動那種程度。

艾略特坐在主位上，在眾人面前以極度不快的表情發言：

「已經被定罪的蕾切爾．佛格森可說是恣意妄為，愈來愈得寸進尺。找你們來是想討論看看有沒有辦法挫挫她的銳氣。」

這裡沒半個有足夠常識的人敢吐槽義正詞嚴地說著沒出息的話的王子。

艾略特一臉嚴肅地轉頭看向心腹。

「說起來，喬治，你不是斷言已經壓制住公爵家了嗎？那個牢房裡的情況到底是怎麼回事？」

「這……這個嘛……殿下，我家的宅邸裡確實沒有做那類準備的跡象，而且家裡的傭人在工作上也沒有行跡可疑的情況。」

只會紙上談兵的秀才想不出在市街上設置據點的主意。

「獄卒是怎麼說的？竟然放過那種狀況，那傢伙一定怠忽職守了。」

今天沒有同行的賽克斯質問喬治。

「關於這點……畢竟那男人也有其他工作，只有巡邏時會前往地牢。他今天過來時，似乎也對牢房裡變了樣感到吃驚。」

「哼，真是個蠢貨。」

想必獄卒也不想被頭腦簡單的傢伙這麼說吧。

「畢竟那女人很擅長鑽漏洞！……可惡，該死的蕾切爾……！」

艾略特神色凶惡地搥打桌子。

「一般來說，被關進牢房裡的貴族千金小姐會像這樣突然改變態度嗎？我原本以為只要放著她兩三天不管，她就會哭喊著道歉……沒想到那個長處只有默默聽從的無趣女人竟然會有這麼大的變化？」

「的確是變太多了～……」

幾乎所有人對蕾切爾的印象都是之前那樣，但這位千金小姐改變的程度已經超乎「露出馬腳」的等級，因此其中甚至有人開始覺得不相信女人了。

「我明明是為了拯救受到欺負的瑪格麗特，才將她這個元凶驅逐出社交界！但是為什麼我現在卻時時刻刻都在意著蕾切爾……一想到那傢伙現在不曉得又會做出什麼事，我就無法入睡！那傢伙的臉一天到晚都浮現在我的腦海裡，怎樣也擺脫不了！」

賽克斯得意洋洋地對變得有幾分偏執的王子拋了個媚眼，並彈響指頭，擺出有些做作的姿勢。這動作一點也不適合身材魁梧的他。

「殿下，您這種情況正是……所謂的戀愛喔。」

賽克斯隨即被花瓶砸中臉而呻吟，艾略特丟著他不管，轉向其他手下。

「什麼提議都好，就沒有能讓那傢伙無言以對的計策嗎？」

王子的話語讓人在現階段就產生失敗的預感。坐成一排的少年全都面面相覷，姑且說出想到的方法。

「用煙燻她怎麼樣？」

「她先對我做過了。」

「如果送有惡臭的東西進去呢？」

「她先對我做過了。」

「那麼，把別人牽連進來以惡整她如何？」

石。

「她先對我做過了。」

「四處散布她的壞評價之類的。」

「她先對我做過了。」

艾略特惡狠狠地瞪了少年們。

「你們……是來恥笑我的嗎？」

「不不不！我們只是想不到您竟然已經遭遇過各種層面的失敗……」

他們一副「誠惶誠恐」的態度搖頭，卻沒意識到自己否定的話語進一步對艾略特落井下石。

這時，一名男子訓誡了他們。

「你們聽好，殿下並沒有失敗。」

喬治像是要守護傷心的王子殿下般站到他身旁，否定了其他人的話。

「只是著了對方的道而已。」

「不要一一更正！」

喬治的臀部被踹了一腳，臉撞上地板而四處打滾。

「不過，說起來——」

坐在右側的伯爵家公子舉起手。

「佛格森小姐入獄後似乎性格大變，這麼一來，事前的預測會失準也是無可奈何吧。」

「啊，可以這麼說。」

雖說被關進牢裡，但原本總是默默待在王子斜後方，如同洋娃娃一般的千金小姐，竟然會變成如此鋒芒外露的瘋女人。

會議上的氣氛陡然一變，一口氣活絡了起來，畢竟分析比提議來得輕鬆。

「其實她是冒牌貨，本尊已經被王子殺了。」

「既然如此，我們現在何必坐在這裡開會？」

「她其實是替身，本尊已經遠走高飛了。」

「哪有人會找比自己瘋，性格更加鮮明的冒牌貨頂替啊……」

就在話題從作戰會議轉移到討論千金小姐的真偽時，子爵家的繼承人舉起手來。

「姑且不論她是真是假，比起這點，我更在意的是……各位不覺得蕾切爾小姐……似乎比之前更加性感了嗎？」

「就是這樣！」

身分較低的眾人一同頷首。

「！」

就連原本傻眼地看著會議偏離主題的艾略特，其實也從之前就有這種感覺。

髮型跟之前相同；因為幾乎不化妝，這點也沒有特別的變化……但表情變得十分豐富，單是穿著輕鬆的家居服，妖豔的氛圍就一口氣增加。

這群少年略顯興奮地討論起來。

「該怎麼說呢，就是一點點舉動都顯得很性感……」

「沒錯沒錯！或許是因為表情變豐富了？這就像是原本黑白的素描著上顏色一般變得華麗……」

符合青春期男子的對話持續著……不過……

「但是既然會有這麼大的變化……表示與殿下訂婚令她十分痛苦吧？」

「是啊……所以才會一被毀婚，人就開朗了起來……」

「沒了婚約的束縛後，就變得生氣勃勃啊……」

話題內容又開始轉往奇怪的方向。部下們感到同情似的竊竊私語，不時皺眉並窺探自己的上司。

「你們到底是站在哪一邊？」

艾略特額冒青筋地怒吼，眾人就一同閉上嘴縮起脖子。

「那傢伙的變身已經不是變開朗的等級了！應該認為是她至今為止都巧妙地隱藏著那宛如蛇蠍的真面目！」

艾略特環顧左右。

「真是的，事到如今，你們怎麼還會被蕾切爾矇蔽呢！」

「是，非常抱歉……」

「那傢伙的個性變開朗這種事無關緊要！你們看了蕾切爾後，沒察覺到什麼異狀嗎？」

跟她接觸最多的人是你吧——但沒有人敢吐槽王子殿下。就在眾人各自陷入沉思的時候，侯爵家公子舉手了。

「我有一件在意的事。」

「什麼事，說說看！」

「是！」

少年像是要確認眾人的表情般環顧現場。

「各位不覺得……蕾切爾小姐的身材其實很好嗎？」

眾人瞬間陷入沉默。不過對策會議確實切換成友人一同出遊時夜晚熄燈後的氛圍。

「……呃，不過……佛格森小姐的身材比例原本不就是那樣嗎？」

其中一人難以忍受沉默地輕聲開口，提出問題的侯爵家公子搖了搖頭。

「各位都知道淑女在出席公共場合時會穿著緊身胸衣，蕾切爾小姐當然也不例外。但她現在將牢房視為私人空間，所以只穿著家居服。換言之，現在蕾切爾小姐她……並沒有穿緊身胸衣。」

侯爵家少爺說到這裡時壓低了聲音，但儘管是最小的音量，卻給予列席者最大的衝擊。

認識的美麗千金小姐的貼身衣物之類……可說是青春期男子能想到的最為現實的情色之處。

伯爵家公子按住鼻子。

「那是怎樣，好色……！」

「才這種程度，你在說什麼啊，重點在那後面！蕾切爾小姐現在因為自認為待在個人房間裡，在穿著打扮上可說是沒有防備到了極致。以此當作前提條件……可以吧？」

儘管只有自己等人待在房裡，少年們卻不由得將臉湊近彼此，並在互視後點了點頭。

「換言之，她在完全沒裝扮的情況下，就是那樣的身材！懂了嗎？不僅沒有穿緊身胸衣勒緊腰部或將胸部集中托高，因為不需要做給人看，想必也沒塞任何可憎的邪門歪道的偽裝胸墊！她完全沒有設法塑身，就已經擁有那前凸後翹的S形線條了！」

「你說什麼？」

圍繞在桌旁的眾人都吵嚷了起來。少年們因為此等世紀大發現，臉色再度變得蒼白，並與身旁的夥伴悄聲快嘴討論起此刻揭曉的衝擊性事實。

不知不覺間被話題吸引住的艾略特也呆愣地低語：

「真是簡潔明快的推理……不愧是代代學者輩出的波音司機家嫡子！」

「殿下，我們家族的姓氏是波蘭斯基。」

「不對，不不不，等一下！」

只有喬治．佛格森一個男人沒有參與這個話題，他朝這感動與激動的漩渦潑了冷水。

「你們該不會因為姊姊的身材很好，就打算從瑪格麗特身上轉移目標吧？」

艾略特與其他人瞬間被拉回現實，連忙否認。

「不，等等，這兩者是不同的問題。我並不是因為身材才選擇瑪格麗特！而是追求精神上的聯繫，或是療癒感……」

賽克斯也頷首。

「對，殿下說得沒錯。我並不打算在瑪格麗特小姐身上追求身材，她的平板，或者說是直筒，或者說是……呃，那個，纖細苗條……好像不對……總之就是很現實的體型也是相當可以接受的。」

「不，我指的不是身體，而是內心的問題……」

賽克斯似乎有些曲解話題走勢了。就在艾略特嘀咕著抱怨他那強而有力的「才不是那樣」理論時……

「佛格森閣下，心愛的瑪格麗特小姐在理想體型方面確實比令姊遜色，不過……」

「喔喔，多說幾句，波音司機！」

「是波蘭斯基。」

剛才明明還對蕾切爾的身材百般讚美的波蘭斯基站了起來。

他握緊拳頭極力主張：

「平民出身的瑪格麗特小姐的確沒有『塑身』。即使隔著衣服也能看出她的身材直筒，腰線不明顯，胸部雖然並非沒有卻也不豐滿，手臂雙腿不粗卻也難以說是纖細。」

「咦？你這話不是在貶低人家嗎？」

「噓！賽克斯，閉嘴。」

賽克斯吐槽，但是被艾略特制止。波蘭斯基瞥了他們一眼，發表的語氣愈發激動。

「不過！就是這點才好！這樣才好！許多天生的貴族千金為了看起來美麗，有時會硬是勒緊自己的身體，有時則會為了矇混外表而一味地整形。我想說的是，這樣真的好嗎！」

伯爵家公子語氣激動地反駁。

「不過，你剛才不是還對蕾切爾小姐百般誇獎嗎！」

侯爵家公子覺得這樣的反駁反而「正中下懷」，他點點頭。

「各位知道蕾切爾小姐與瑪格麗特小姐之間的共通點是什麼嗎？」

「共通點？」

一方是高階貴族千金，理所當然地成為王子的未婚妻，雖然不華麗，卻是身材比例出類拔萃的美女。

另一方則是從平民身分偶然擠身貴族末位，天真爛漫且充滿自然魅力，幼兒（小孩子）體型的可愛美少女。

兩者無論是外表、個性或體型都截然不同，眾人一一比較，卻對於找不出共通點而傷腦筋。波蘭斯基如同頒布神諭般重重地宣告：

「兩人的共通點就是自然。即使脫去全身上下的一切，她們的身材也不會因此改變。神賦予人類的身體，不該強加雕塑或以化妝矇混！沒錯，我想說的是，女性的美就是自然！」

「喔喔喔喔喔喔喔喔喔喔！」

波蘭斯基以抬頭仰天的姿勢為自己的演講作結，而深受感動的少年們為之吶喊。少年之間的談話迎來了令人感動的結束。

艾略特召集的對策會議，就在採納波蘭斯基提倡的「自然主義宣言」下熱鬧地閉幕了。與會成員紛紛興奮地聊著「應該推廣廢止緊身胸衣的流行」、「上奏禁止化妝詐欺吧」等話題，離開了艾略特的辦公室。

艾略特也一解內心的鬱悶，愉快地整理起文件。

「嗯，今天的會議真是有意義，這麼一來問題就解決……問題？」

艾略特突然想到了什麼，扶額陷入沉思。

「……今天的會議，一開始的議題是什麼來著？」

15 【千金小姐購物】

蕾切爾突然從正在閱讀的小說抬起頭，注意起空無一物的牆壁。

「……總覺得有些殺風景。」

仔細一想，公爵宅邸到處都擺設著花瓶跟繪畫，蕾切爾的房間也理所當然地掛了兩三幅自己的肖像畫跟雅緻的風景畫。

「嗯……」

蕾切爾從沙發上起身，環顧周遭。

地牢的牆壁當然只見堆疊的石塊，沒有半點值得一看的事物，唯有前陣子繪製的壁畫略顯風情。

「難得能住在這種地方，照自己的喜好布置也不錯……這就是所謂搬家的醍醐味嗎？」

一般的囚犯不會思考這種事。

「雖然請『闇夜黑貓（蘇菲亞等人）』送來比較快……不過期待前所未有的新品味，開發新廠商應該也不錯。」

並非尋常囚犯的蕾切爾搥了手掌，取出文具組開始寫信。

⚜

「喂，蕾切爾。」

艾略特王子傲慢無禮地叫喚，蕾切爾不甘不願地從正在閱讀的雜誌抬起頭。

「殿下，有什麼事？我正在看書呢。」

她抬起頭來，發現艾略特並未看著自己。王子的視線越過蕾切爾的腦袋上方，看著地牢的另一側。

「……那種地方原本有掛畫嗎？」

在艾略特看著的牆上掛著一幅巨大的裱框畫，那是百合花在美麗河畔盛開的風景畫。

「哎呀，殿下，您才這個年紀，記憶力就退化了嗎？」

「什麼！不，沒這回事！啊，經妳這麼一說，的確……」

「這是昨天掛上的，您竟然記不得這麼近期的變化……」

「果然是新掛上的嗎？」

艾略特抓著鐵柵欄，表情陰沉。

「喂……妳甚至游刃有餘到把畫也搬進來啊。是想強調自己的準備之充分，連沒有急需的物品都帶過來了嗎？」

「我沒有那個意思。這並不是從家裡帶來的畫。」

艾略特轉頭看向喬治。

「是這樣嗎？」

「是……我在家裡的確沒看過這幅畫……」

就連喬治也只能對出處感到納悶。

「是妳去哪裡撿回來的嗎？」

「殿下是笨蛋嗎？我能夠走去哪裡？」

「……說得也是。」

艾略特竟然不小心忽略被人說笨蛋的地方，就算被說笨也是無可奈何。

「這不是從家裡帶來的，也不是撿來的，那妳是從哪裡拿來的？」

畫為什麼會出現呢……艾略特對這難以解釋的狀況感到納悶。而蕾切爾的視線則持續停在雜誌上，理所當然似的回答他：

「這是我買的。」

「囚犯要上哪兒去買畫啊！」

「欸，殿下。」

至今都保持沉默看著兩人互動的賽克斯指了蕾切爾正在閱讀的雜誌。

「那本小說雜誌是這週剛出版的。」

「什麼？」

雖說最近因為印刷廠商增加，使得休閒讀物的數量遽增，不過由於娛樂雜誌必須累積一定分量的內容才會發售，兩期之間會間隔一段時間，出刊時間並不固定，並不會發生接連出刊而無法分辨期數的情況。

既然賽克斯單從遠處就能辨識，表示那真的是近期才出版的吧。

「喂，蕾切爾！妳是從哪裡拿到新雜誌的！」

「我怎麼可能告訴您答案呢？牢房裡的休閒娛樂會在守衛不知情的情況下冒出來，這可是眾所公認的。」

「怎麼可能會有這種蠢事！」

⚜

「太奇怪了……臭蕾切爾，她到底是從哪裡把新的東西弄進去的？」

艾略特會發牢騷也很正常。蕾切爾無法外出，就算檢查出入紀錄也無法確認有任何可疑人士或公爵家的御用商人。

「該不會是哪邊的牆壁開了個洞，讓蕾切爾小姐得以外出購物之類的？」

賽克斯說出異想天開的話，艾略特瞪了他一眼。

「那裡才沒有密道咧！我姑且調查過了，蕾切爾應該沒有時間使些小花招才對。」

想挖掘地下通道需要花費長得驚人的時間。即使蕾切爾事先得知毀婚計畫，也不可能來得及挖好。

「不過……既然如此，姊姊到底是怎麼帶進去的……」

喬治也感到不知所措。姊姊原本就已經很難捉摸，這下子更不知道她究竟會做出什麼事來了。

艾略特極為不悅地撂下話：

「總之！要嚴格確認有沒有身分可疑的人士進出王宮。派騎士團或門衛詳加調查有沒有行跡可疑的商人或訪客！」

「是！」

⚜

獲准進出王宮的二十年老字號王冠商會的老闆確認四下無人後踏進了後院。他趁無人發現時悄悄走下地牢的階梯。

「您好，受您照顧了，我是王冠商會的人。」

在牢裡看書的蕾切爾抬起頭來。

「等你很久了，沒人發現你來這裡吧？」

「是，不用擔心。我是前往侍女處接訂單時順便過來的，只要不被發現我人在這裡，都有辦法矇混過去。」

老練的商人從肩上的行囊裡陸續取出符合訂單要求的物品。

「這些是上次訂單中還沒送給您的物品。」

「嗯，謝謝。」

「多謝惠顧。還有，關於您之前詢問的外國風格彩繪玻璃燈……這裡是型錄。只要您挑選了喜歡的款式，一週內就會進貨，請儘管吩咐。」

「嗯，我來看看，一直以來麻煩你了。」

剛邁入不惑之年的老闆搓著手，低頭致意。

「不不不，千萬別這麼說！將來還請務必……」

「嗯，我會向父親大人拜託，讓你可以進出公爵家的。」

「還請您多多關照了！」

商人聽了蕾切爾的應酬話後不停鞠躬，聽了追加的訂單內容後就離開了。

蕾切爾將剛送到的城郭名店餅乾送進嘴裡，一邊喃喃自語：

「想必殿下正在著手調查最近突然開始進出王宮的業者吧……」

即使蕾切爾的部下要送補給物資進牢裡，也會偽裝成從幾年前就進出王宮的御用商人。就算要開發新的「供應商」，蕾切爾也絕對不會做出讓王子逮著小辮子的蠢事。

即使是王冠商會這樣老字號的御用商人，還是希望有權有勢的貴族客戶多多益善。所謂的商人，並不會因為獲得宮廷御用稱號而滿足。

以蕾切爾的身分，即使伴隨著風險，大型商會也會願意與之交易。他們也熟知如何鑽規則的漏洞。

生來就是王子殿下的艾略特沒有這方面的敏銳度。

「哎，一般而言，公爵千金也不會明白商人習性就是了。」

非尋常之輩的公爵千金這麼說完，配合逐漸傳來的腳步聲，從包裹裡取出要給獄卒的葡萄酒（餌食）。

16【千金小姐從事社會服務】

賽克斯走在路上，看見一名神父帶著一群小孩迎面魚貫走來。

「大哥哥，你好！」

「喔，你好！」

「大叔，哈囉！」

「我宰了你喔，臭小鬼。」

與隊伍擦身而過後，他猛然想到。

奇怪？為什麼會有孤兒院的孩子們在宮裡走動？

他回過頭，只見孩子們一個接一個走進一扇門——那是賽克斯已經十分熟悉的通往關著蕾切爾的地牢的門。

「……喂，她又開始做些什麼嘍。」

⚜

艾略特王子等人接到賽克斯的通報，再度緊急出動，衝下前往地牢的階梯。映入眾人眼簾的是……

「很～久很久以前，在某個地方有個稱作花之王國的小國家。」

蕾切爾隔著鐵柵欄，為坐在另一側地板上的孩子們唸故事書。

在僅有微弱日光透入的石造無機質房間裡，一名少女坐在木箱山與大峽谷壁畫之間翻開故事書，數十名兒童則興奮地專心看著少女的手邊。

兩者之間隔著鐵柵欄。

「這個空間是怎麼回事！」

艾略特不由得吶喊，孩子們轉過頭來，皺起眉頭，用手指抵在嘴唇上比出「安靜！」的手勢。

「……是我不對嗎？」

艾略特一臉難以接受地詢問身旁的喬治，但就算他這麼問，喬治也無法回答。

「總覺得像是奴隸商人的倉庫。」

賽克斯漫不經心地將浮現腦中的想法說出口，艾略特瞪了他一眼。但若是依照這個想法，艾略特不就是奴隸商人，賽克斯是管理人兼保鏢，喬治則是總管了嗎？

這麼一來，就顯得艾略特是壞人，而蕾切爾是悲劇主角了。他絕不承認這種不像話的故事。

話雖如此，面臨完全摸不著頭緒的情況，只靠自己一行人是得不出答案的。喬治背負著孩子們因為快樂時光被打斷而發出的噓聲，試著詢問蕾切爾：

「……姊姊，請問這到底是什麼情況？」

愚蠢弟弟一臉厭煩地詢問，看似聖女的蕾切爾就開朗地回答：

「哎呀，沒想到你會這樣問我。我每週都會前往孤兒院從事慈善活動，但是現在因為面臨這樣的遭遇而不得不中止……結果孩子們竟然說想我，特地前來會面呢，真令人開心。」

「你有沒有好好關心自己的姊姊啊？」的指責、「都是王子害慈善活動中止喔！」的抱怨以及「關心一下惹人憐愛的孩子們！」的怨對連擊——這段包含了上述言外之意的巧妙回答，令王子等人「唔」地為之語塞。

蕾切爾放著這樣的他們不管，再度對孩子們露出慈母般的笑容，繼續唸起故事。

「花之王國裡有一位王子殿下。

俊美的王子殿下有一頭金髮，女孩子全都為王子殿下著迷。

不過，王子殿下雖然長得很帥……卻是個超級大笨蛋，而且還非常喜歡女孩子。

不管家臣怎麼說，王子殿下都不讀書也不工作。

即使被市民瞧不起，王子殿下也還是到處閒晃，到處花心。

整天追著可愛的女孩子跑，每天都在玩耍。

家臣全都因為王子殿下不工作而大傷腦筋。

家臣與市民都以冷淡的眼神看他，但好色的王子殿下並不知道。

憤怒的市民終於把王子殿下抓了起來。

大家一起對他說教，但王子殿下還是學不乖。

王子殿下不知道自己有什麼錯，最後終於連家臣也放棄了他。

那麼，王子殿下的命運將會如何呢？」

蕾切爾詢問，眼神閃亮地聽著故事的孩子們就齊聲回答：

「王子殿下會被砍頭！王子殿下會被砍頭！」

孩子們愉快地大合唱，蕾切爾也微笑著說：

「沒錯，王子殿下被拖到廣場上砍頭！沒用的王子殿下被帶到斷頭臺處死了！」

「耶────!」

「給我等一下────!」

艾略特衝到在鐵柵欄另一側與這一側，同樣一臉吃驚的蕾切爾與孩子們之間。

「妳到底在唸什麼故事書啊!」

「有什麼問題嗎?」

「妳為什麼會覺得沒有問題?這故事內容也太悽慘了吧!而且虧妳找得到這種指桑罵槐的故事……」

「哎呀。」

蕾切爾毫無陰霾地微笑著說：

「殿下心裡有什麼底嗎?」

「唔……!」

蕾切爾露出明顯知情的假惺惺笑容，孩子們則是一臉搞不清楚情況的狐疑表情。自己不能在不了解緣由的孩子們面前痛罵蕾切爾，只能以氣得顫抖的手指隔著鐵柵欄指著她。

「我的事情無關緊要!重要的是，那本書無論怎麼想都有礙教育吧!就沒有比較正經的書嗎?」

「哎呀，我只是在唸隨處可見的故事書給孩子們聽而已啊。」

「隨處可見的故事?又是花心又是斷頭臺的，根本不是應該唸給孩子聽的內容吧!」

蕾切爾將手邊的書翻過來，怎麼看都是以孩子為對象的圖畫書。

「這不是很普通嗎？只是一本以勸善懲惡為目的的虛構故事，是很適合唸給孩子聽的題材喔。」

「妳的選擇太故意了！怎麼想都是在諷刺我吧！」

蕾切爾對勃然大怒的艾略特露出曖昧的傻笑。

「哎呀，殿下，您花心了嗎？那可是得上斷頭臺的喔。」

「妳這傢伙竟敢厚顏無恥地……說起來，明明就是因為妳先欺負瑪格麗特！竟敢反過來遷怒，丟不丟臉啊，該死的魔女！」

艾略特怒上心頭，最後那段話愈講愈大聲，朝著蕾切爾怒吼完才回過神來。而孩子們則在他身後竊竊私語。

「那個大哥哥怎麼回事，大吼大叫的，感覺好討厭。」

「他好像書裡的王子殿下喔。」

「啊～～這麼說來，這個大哥哥也是金髮耶！」

「他花心還整天玩耍嗎？」

「耶～～要砍頭。」

他們想必不是心懷惡意地故意說給艾略特聽。但正是因為想到什麼就說什麼，反而更加傷人。

「可惡！你們聽好，我可是有在認真工作，沒有到處閒晃喔！」

「你在對小孩子辯解什麼啊……」

「這才不是辯解！是事實啊！」

「大哥哥在慌張～」

「大哥哥也要被砍頭嗎？」

艾略特等人完全被處於客場的氛圍壓制，不由得退縮。畢竟也不可能與孩子們爭辯。

享受聽故事時光的孩子們圍繞著蕾切爾，愉快地嬉鬧，還有大片餅乾可以拿。

為什麼反而是由被關在牢裡的人送吃的呢──艾略特心不在焉地想著。

無論自己想說什麼，在孩子們面前都會處於劣勢。艾略特等人只好決定改天再來。

自己等人才是正義的夥伴，因此也不可能把孩子們一腳踹開，在他們面前對蕾切爾嚴厲究責。

就在艾略特等人憤怒地踱著地板準備離開時，蕾切爾將圖畫書遞給他們。

「殿下，你們也可以從平時就閱讀這種書，並練習唸給別人聽喔。」

雖然從話語中深深感覺到「至少做點社會服務吧？」這種充滿諷刺的弦外之音，但不想繼續暴露在幼童視線下的艾略特一把搶過圖畫書，迅速走出地牢。

艾略特走向辦公室，同時不停漫罵：

「可惡！該死的蕾切爾！竟敢一而再再而三地刻意做出讓人不爽的行為！還在孩子們面前捕風捉影地說得好像我完全沒在做慈善活動……」

「有那麼多孩子在，沒辦法大聲叫嚷啊……畢竟殿下您『很裝模作樣』嘛。」

「少囉嗦！」

艾略特揍賽克斯時，喬治在一旁看著圖畫書。

「我從來沒聽過這種童話……這是哪個國家的故事？」

他快速翻閱頁面，最後看見了版權頁。

『故事有趣嗎？充滿愛意地獻給E王子。　　作者、插畫　R・F』

「這是姊姊自己製作的……」

「該死，什麼隨處可見的故事啊！根本完全就是在嘲諷我嘛！」

鬥敗的狗的遠方長嘯響徹整座後院。

第4章

歡迎小姐光臨

17【少女與千金小姐會面】

雖然獄卒已經習慣不知為何會來到這種地方的訪客……不過今天又是不同類型的啦——他如此心想。

將紅色長髮綁成雙馬尾的可愛少女來到地牢要求會面。

雖然至今為止，王子、貴族少爺或是外送的小哥都有來過，不過女孩子還是頭一遭。

……這樣列舉起來，搞不好還算不怎麼稀奇的……

「小姐，這裡禁止無關人士進入喔……」

反正她還是會硬闖吧……雖然這麼想，獄卒姑且如此說道。而少女伸手制止他。

「我知道！請轉告蕾切爾小姐，說瑪格麗特．波瓦森來與她會面了！」

「果然講不聽啊……」

「你說什麼？好了，動作快！」

總覺得自己最近老是被年輕人頤指氣使——獄卒想著這種事，無可奈何地走下地牢。

少女則得意洋洋地跟在他身後。

「……小姐，妳知道『轉告』是什麼意思嗎？」

「我當然知道嘍。好了，快點幫我帶路！」

「全都是這種人，我受夠了……」

走到地牢前方，自稱瑪格麗特的少女就跑向鐵柵欄前。

「蕾切爾小姐，我是瑪格麗特！好久不見了！」

獄卒沒聽過的女孩子以精神奕奕的宏亮聲音朝裡頭寒暄……但單是這樣的舉動，就令獄卒冷汗直流。

不知道為什麼牢裡的居民最近都起得很晚，現在也還躺在床上，少女卻把對方從睡夢中喚醒……

雖然只相處過短暫時間，但獄卒認為這位不按牌理出牌的千金小姐想必十分厭惡自己的步調被打亂（雖然她總是掌握主導權，難以想像被人打亂的情況）。如果硬是被這個自我中心的女人吵醒，將會如何呢……

獄卒下意識地與鐵柵欄拉開了距離。

無視獄卒的恐懼，蕾切爾還算平靜地醒來了。

「嗯？」

蕾切爾從深深蓋住自己的羽絨被探出頭，搓揉著眼睛。她坐起身，愣愣地看著叫醒自己的少女。

「蕾切爾小姐！是我，瑪格麗特！」

「？」

就算她這麼說，蕾切爾還是呆了好一會兒，待視線一聚焦就立刻雙眼圓睜，走下床。

「真是的，妳終於清醒啦？真愛賴床！」

紅髮少女情緒高亢地喊著，抓住鐵柵欄搖晃，蕾切爾也走向她面前。

啊，原來是朋友嗎——看著這景象的獄卒會這麼認為，想必不會有任何人責怪他吧。

就在獄卒這麼想並放心下來的瞬間。

「唔喔！」

蕾切爾巧妙地避開鐵柵欄的一記飛膝踢正中紅髮（雙馬尾）女孩的心窩。

「呼嘎——！」

會面的少女發出不成聲的慘叫，飛了出去。

紅髮女孩在地上滾動，因為痛楚而滿地打滾。從她即使四處撞來撞去也不在乎地捧著腹部的模樣看來，膝蓋的一擊似乎相當有效。

「妳……妳做……什麼……」

少女上氣不接下氣地輕聲詢問，蕾切爾這才回過神來。

「啊，不好意思。因為妳的腹部很棒，令人看了不由得想踹一腳……」

「那是怎樣啦！」

少女咬緊牙關，終於起身。蕾切爾傲慢地解說：

「不，我是認真的！妳的感覺非常棒！比如說令人不由得想摑下去的臉頰，或是希望被打一般強調自己存在感的臀部，整體都散發著『快來揍我』的氣場！我已經有十年以上都在勸告自己不要直接動手了……卻不禁敗給誘惑而給了妳一記膝擊！」

捧著腹部渾身顫抖的紅髮少女向獄卒招手。

「有……有什麼事？」

獄卒提心吊膽地靠近後，少女以意外強勁的臂力擰起他的衣襟。

「喂，那傢伙是怎麼回事？一見面就來個『問候』挫人銳氣，那真的是貴族千金嗎？就算是貧民窟的『行家』也沒辦法下手得那麼順吧？」

「就算妳這麼問我……」

紅髮少女是庶民區出身的嗎？她一開始的活潑可愛情緒簡直像騙人似的，以嚴厲的語調逼問獄卒。

「那個人真的是蕾切爾・佛格森，公爵家的千金小姐吧？」

「我也不清楚啊，難道不是嗎？」

兩人悄聲交談時，蕾切爾依然興奮地從牢裡讚賞少女。

「真是愈看愈覺得妳太棒了！是十年……不，二十年一遇的逸材！不會有錯，妳擁有無人能比的沙包才華！」

「沙包才華是什麼東西？」

她的稱讚方式也太奇怪了。

蕾切爾緊抓著鐵柵欄，態度可愛地向少女請求：

「十下就好。拜託，讓我左右開弓呼巴掌！」

「連一下都不行！」

連請求的內容也同樣奇怪。

「那就五下！五下就可以了！」

「聽別人說話！」

「不，妳沒資格這麼說吧？」

兩人你來我往……少女總算像初生的小鹿般顫抖著雙腿站了起來。這時，蕾切爾看著少女的臉，突然歪過頭。

「話說……我在哪裡見過妳嗎？」

這次換作憤怒地顫抖的紅髮女孩再度向獄卒招手。

「做……做什麼啦……」

獄卒心不甘情不願地靠近，少女再度緊緊扭住他的衣襟。

「那個女人到、底、是、怎、樣？竟然說不認識我，到底是怎麼回事？」

「呃，我也不知道啊……」

「先不管這個……不對，不管這個才奇怪吧！如果認為對方是頭一次見面，怎麼會在一句話也沒交談的情況下就突然給對方腹部來一記？那傢伙的腦子到底是怎麼搞的？」

「就說了別問我啊……」

而當事者蕾切爾則從牢裡嬌聲嬌氣地試圖收買她。

「欸～欸～妳想要什麼，我都可以買給妳喔。欸，讓我揍一下嘛！」

「別說得像是『讓我摸一下』！誰要讓妳揍啊！」

「說得也是……果然還是利用手腕的力量拍打比較好吧？柔軟的臉頰肉吃上耳光的感覺相當享受……妳真內行呢～」

「誰管妳的喜好是什麼！為什麼至今為止都放任這種野獸不管啊……」

紅髮女孩終於站穩了腳步，她指著蕾切爾。

「我不知道妳是真的忘了還是在虛張聲勢，但這樣下去，妳的未來可會一片黑暗喔！如果要全部坦承並向艾略特殿下道歉就趁現在！我只是來告訴妳這件事而已！」

在鐵柵欄另一側的蕾切爾又歪了歪頭。

「道歉是指……剛才把妳當沙包打，對不起？」

「來人啊！誰快叫義警隊過來！這裡有個瘋子！」

「呃，小姐她已經被關進牢裡啦。」

少女與鐵柵欄拉開足夠的距離後，朝著蕾切爾大喊：

「哼！要是妳一直維持這種態度就算了！可別小看要成為艾略特殿下正妃的我！以後就算妳後悔也太遲了！」

她踏著響亮的腳步聲走上石階，蕾切爾與獄卒目送她離開。

直到看不見瑪格麗特的身影，蕾切爾才詢問獄卒：

「所以她到底是誰啊？」

「既然說是要成為王子妃的人，應該與王子殿下有關吧？」

「我總覺得似乎在哪裡見過她……名字也好像在哪裡聽過。」

蕾切爾想了一會兒，但還是想不起來，立刻就轉而思考起其他事情。她看往紅髮少女消失的方向。

「啊，比起這個，真想給她美妙的臉頰一巴掌試試……孩提時代那令人懷念的吵架感覺又復燃了。這種時候就算是殿下也好，能不能讓我揍幾拳呢？」

「妳『這種時候』的對象，身分會不會太尊貴了……」

「哎呀，是嗎？沒什麼大不了的喔，我以前還曾經差點讓他沉在池塘裡呢。」

「差點沉在池塘裡……王子嗎？」

獄卒吃驚地反問，但沒聽見答案。

他轉過頭，發現蕾切爾又躺回床上，戴上了眼罩。

「妳才剛起床，又要睡回籠覺了嗎？」

「是啊，我想趁自己還沒忘記剛才的美好觸感前作個美夢。」

「看來妳真的相當中意啊……雖然不知道那位小姐是誰，但還真是場災難呢。」

艾略特王子最心愛的人物暨他的馬屁精奉獻心力的對象——男爵家的千金瑪格麗特．波瓦森來到王子的辦公室。她一走進來就打了個噴嚏。

「瑪格麗特，怎麼了，感冒了嗎？」

「不，我想應該不是……只是突然感到一股惡寒……」

「是嗎？真巧……不知道為什麼，我從剛才開始也是……」

18【公爵對狀況感到不知所措】

雖說女兒被關進了牢房，佛格森公爵家依然十分忙碌。

一般來說，家族裡若是出了罪犯，身為貴族自然應當減少各種活動，閉門思過才是。

不過因為蕾切爾的情況只是王子單方面的定罪，公爵家並不認罪。由於國王尚未下達最後的裁定，反而應該為了主張自身的冤枉而積極出擊。

雖說嫡子喬治是對方陣營，但現在的當家仍是父親達恩。無論兒子怎麼說，他都不打算退讓。

在因此仍如雨點般絡繹送來的報告、訪客當中。

蕾切爾的侍女蘇菲亞就像是看準雨勢恰巧中斷的一剎那空白，前來請安。

「老爺，打擾了。」

和不久前一樣，她帶著兩名女僕在走廊上等候。蘇菲亞獨自走上前，如同指導者的榜樣，以漂亮的姿勢鞠躬。

「是關於小姐的事。」

「哦，是蕾切爾的近況嗎？」

公爵停下正在簽名的手，看向女兒的僕從……正確說來，女兒的傭人應該是妻子的僕從，但專屬女兒的傭人的忠誠心無論怎麼看都只向著個人。

不曉得是否察覺公爵的內心糾葛，蘇菲亞一如往常地平靜頷首。

「是的。」

「嗯，情況如何？」

「根據報告，小姐十分有精神。」

侍女報告完，行了個禮。

公爵盯著她的髮旋整整十秒鐘。

「……只有這樣嗎？」

公爵這才明白再等下去也不會聽到更多內容，他洩氣地詢問，蘇菲亞一本正經地頷首。

「是的，概括來說。」

「不，不對不對！妳的概括未免簡略過頭了，單憑這樣根本什麼也不知道啊。」

「我想至少能得知小姐很有精神。」

「只有這樣！其他的完全搞不清楚啊！如果有收到詳細內容就交上來。」

「是……那麼稍後就呈上來。」

蘇菲亞略顯難以接受的模樣，往後方轉過頭。

「莉莎，將監視人送來的日報呈給老爺。」

「是！」

「梅雅，緊急將主治醫師蒙頓請過來。」

「是……蘇菲亞小姐，您要請的是心臟外科的老醫師，還是身心科的醫師少爺呢？」

「妳在說什麼蠢話？老爺可是要瀏覽小姐的活動紀錄，當然是父子倆都要請過來啊，用常識思考一下。」

「是！」

蘇菲亞對女僕下完指示，重新轉向公爵再次一鞠躬。

「老爺，您要瀏覽日報的話，請選擇脈搏穩定的時候，並躺到床上再行過目。」

就在對侍女的話語左耳進右耳出時，公爵在意起一件事。

……所謂的常識是什麼？

公爵重振精神，輕咳了一聲後再次下達指示。

「等等，只要知道蕾切爾平安無事且過得很有精神就足夠了……我還不能在這時候就倒下……」

……那個人做了什麼，導致何種結果？在事情仍在持續發生的此刻，不去深究想必對自己的精神健康更有益。

公爵這麼想，決定就此打住這個話題。

這是思考了優先順序後的結果。

絕對不是為了延後開啟潘朵拉之盒的日子。

……這是真的喔。

公爵再度清了清喉嚨，甩去鬱悶心情後，試著與女兒的侍女討論現在困擾著自己，懸而未決的問題。

「啊～～比起這個……陛下夫妻差不多要結束視察旅行歸來了，這麼一來就能在陛下與殿下面前辨明是非曲折。得趁現在擬定對策才行……」

所以妳有沒有什麼意見？——在公爵正準備接著這麼說之前，蘇菲亞插嘴報告：

「陛下夫妻暫時不會回來。」

「……啊？」

理應不清楚視察時程的一介侍女怎麼會突然說出這種話？

蘇菲亞淡淡地向搞不懂家臣在說些什麼的公爵說明：

「小姐與艾略特殿下訂婚一事，是在王妃陛下的強烈希望下促成。因此我已經將毀婚至今的來龍去脈統整好，並透過瑙曼伯爵家中的門路，送往視察期間在伯爵家停留的陛下夫妻手中了。」

「……是什麼時候……」

蘇菲亞不僅知道時程，還掌握了途經的地點，甚至擁有與當地聯繫的手段。這是怎麼回事，真嚇人。

「我同時在信中附上『貓兒正在愉快地玩耍』的紙條，因此陛下一行人會暫時停留在伯爵領地裡的夫拉卡溫泉鄉不會移動。我想他們應該會等整理好情況並決定好方針後，才會回到王都。」

面無表情的侍女說到這裡，突然想到什麼似的補充了一句。

「抑或是擔心受到牽連，因此在小姐發洩完壓力之前都會暫時按兵不動？」

侍女的推測令公爵笑了起來，不過有點皮笑肉不笑的感覺。

「呃，不……不論蕾切爾再怎麼胡搞，總不至於燒到陛下他們身上。竟然說擔心受到牽連，怎麼可能嘛！哈哈哈……」

「不，不過實際上親王殿下就……失禮了，什麼事也沒有。」

「親王殿下？親王殿下怎麼了？妳指的是韋瓦第親王吧？」

「請別在意，畢竟事情已經過去了。」
「我超級在意的！蕾切爾做了什麼？」
「不要緊，不是什麼大不了的事。」
「真的不要緊嗎？蕾切爾到底做了什麼！」
「由我來說有一點……」
「根本就很要緊吧！」

「對了，老爺。」
蘇菲亞毫無預兆地將一份宣傳手冊遞給差點陷入恐慌的公爵。
「您想必也累積了不少精神上的疲勞，要不要與夫人一起來趟溫泉旅行呢？」
「妳以為是誰害的……在現在這種狀態下？」
「是的。若是去泡溫泉，或許會與正在做溫泉療養的陛下夫妻巧遇。」
蘇菲亞若無其事地這麼說，令公爵回過神來。
「……妳的意思是，在遠離現場的地方商議善後策略嗎？」
「這只是碰巧而已，碰巧。」

侍女以讀不出情感的表情接著說：

「畢竟『王宮那邊尚未得知』陛下一行人的行程有所改變，這時候老爺你們即使同樣前往溫泉鄉，也不會有任何人預料得到你們會與陛下一行人『巧遇』。」

女兒的手究竟在檯面下伸到什麼地方了……事到如今，公爵才不由得感到背脊發涼。

女兒明顯朝著自己不期待的方向發展的事態正在發生。誰來救救我啊？

蘇菲亞的提案確實是拯救蕾切爾的妙計。

既然王宮尚未掌握行程，想必無能王子等人絕對想不到視察旅行會延遲，更不可能料到公爵會掌握陛下等人的旅行地點。

然而，如果想隨著女兒打的算盤起舞，還有事情非得確認不可。

「……妳打算怎麼處理這邊的狀況？要是我們不在家，家裡就會變成是由喬治發號施令嘍。」

要是公爵夫妻不在家，代理人理所當然就是嫡子喬治，這麼一來就完全無法期待公爵家會為蕾切爾提供支援。既然建議公爵夫妻出遠門，就代表蕾切爾至少有考慮到這一點吧。

或許是因為在蘇菲亞的意料之中，即使公爵這麼詢問，她也不顯慌亂。

「倒不如說，老爺不在比較好辦事。」

「意思是？」

「即使老爺與夫人『稍微』來趟小旅行，短期間沒安排代理人也不會顯得突兀。既然沒請親戚代理，少爺又尚未成年，這麼一來，負責全權掌管家中事務的人就是……」

公爵與侍女凝視著彼此的眼眸……接著一齊轉頭看向在牆邊與空氣融為一體的管家。被兩道視線同時盯著看，管家露出心臟病發一般的表情，手中的文件散了一地……別在意，別在意。

「……原來如此。」

「是。雖然立場是傭人，但只要老爺全權委任……」

「事情既無法偏離我所決定的方針，喬治也不能隨便下令。」

「如果少爺想說什麼，只要表示『這麼做違反指示』、『請向老爺確認』就行了。而以少爺的才智，想必也很難向正在旅行的老爺抱怨什麼。」

「嗯，所謂的公事公辦就該這樣。」

主僕倆露出解決一切問題的邪惡表情相視而笑，而泫然欲泣的管家開口詢問：

「請問，真的要由我一個人來面對嗎……？」

「喬納森，你別擔心，宅邸裡還有蘇菲亞在，要是喬治實在太吵，只要吩咐瑪莎把他關進房裡就行了。」

可怕的女僕長以前也是喬治的奶媽。即使喬治長大了，只要想做，揪住他的頸子還是輕而易舉的事。

管家眼見情勢惡化而顯得渾身無力，但心情突然變愉快的公爵扔下他不管，喜形於色地去找妻子。

「伊榭麗亞，馬上出發去溫泉旅行吧！」

「哎呀，達恩，怎麼決定得這麼突然？現在不是旅行的好時機吧！」

「正因為不是好時機，才要出發啊！」

「？」

⚜

管家一邊撿拾散落在地上的文件，一邊以怨恨的眼神看向侍女。

「要是我因為身心俱疲而暴斃，應該能申請職災吧？」

「誰知道呢，請向老爺確認。」

19【少女打著各種算盤】

一輛簡樸的黑色馬車回到鄰近郊外低階貴族宅邸群聚的街區。

馬車發出喀噠喀達的輕快馬蹄聲穿過位於街區一隅的雅緻宅邸大門，停靠於小小的玄關前方。

聽見馬匹嘶鳴，女主人與女僕急忙來到玄關前方迎接。

是前往王宮的波瓦森男爵家獨生女回來了。

車夫從馬車走下，一邊向兩人致意，同時正要打開車門時……

「我回來了──！」

雙馬尾美少女早一步以要撞破門般的氣勢推開車門……

「嘿！」

並在車夫還來不及擺上踏腳臺前就直接跳到地上，雙腿呈O字形著地，還順勢擺了個表示滿意的姿勢。

「只要不開口就是貴族千金（笑）」的小姐兀自呢喃：「真完美……」年過四十的車夫一邊收起沒派上用場的踏腳臺一邊提醒她：

「小姐，您這樣搞不好哪天就受傷了，還請別這麼做。」

即使被車夫提醒，「小姐」也滿不在乎。瑪格麗特．波瓦森男爵千金對於傭人的憂慮一笑置之。

「不要緊！大人物從高處掉下來好像也不會受傷喔。」

她把印象模糊的兩句慣用語混在一起，回了句意味深長（？）的話。車夫雖然在心裡感到疑惑……還是決定不指出問題。

畢竟這位小姐是屬於「說不上來」的類型，所以說了也是白說……重點是她的幹勁莫名地多到滿出來，就算真的從高處跌落，似乎也會有辦法應對。

母親向精神飽滿地回家的女兒開口：

「瑪格麗特，妳回來啦。」

「媽媽，我回來了！」

瑪格麗特與母親安妮塔．波瓦森男爵夫人互相擁抱。夫人是個纖弱夢幻的美女，令人難以想像這位纖細苗條的夫人怎麼會生出如此活潑的女兒。

接著，與小姐一樣禮儀教育有待加強的女僕大聲地打招呼：

「小姐，歡迎回來～～！」

「貝涅特，我回來了！」

瑪格麗特與體格相似的女僕高高擊掌。

「耶～～！」

吶喊聲重疊，總覺得這兩人比較像是有血緣關係。

下級貴族波瓦森男爵家中的成員很少，只有目前在場的四人，加上當家共五人而已。由於沒有領地，家中是靠男爵擔任官員的薪水維持生活。

也因此氣氛總是自在舒適，跟傭人的感情也像家人一樣要好。這令人心情舒暢的家庭也讓男爵暗自感到驕傲。

在令人難以想像是貴族家庭的返家儀式結束後，少女將行李交給女僕，環顧周遭。

「爸爸呢？」

瑪格麗特一邊問一邊確認窗簾內側或餐具架後方。一般的男爵家當家是不會躲在那種地方的。

夫人有些傷腦筋地微笑。

「老爺還在官署，還沒回來。」

「唔唔唔，我本來想告訴他艾略特殿下誇獎我的事情耶。」

「哎呀呀，那麼就先說給媽媽聽吧，就當作是告訴爸爸之前的預演。」

「嗯！」

背對著夕陽，瑪格麗特黏著男爵夫人踏著輕快的步伐走進屋裡。車夫為了迎接男爵，再度駕著馬車出門，女僕則在目送馬車離開後關上了門。小巧的男爵家宅邸散發著溫暖悠閒的團圓氛圍。

⚜

波瓦森男爵結束工作返家後，向前來玄關迎接的女僕詢問妻子的情況。

「貝涅特，安妮塔跟瑪格麗特呢？」

與女兒年紀相仿的女僕接過男爵的公事包，同時將手抵在額邊行了個軍禮。

「夫人與小姐在客廳聊得正起勁是也。」

「是也……」

男爵雖然對於女僕表達敬意的姿勢與講話方式有些微詞，但比起這個，現在自己更想看看妻女的臉。

男爵探頭看向客廳，只見感情融洽的母女聊得正起勁。

「是喔～……原來向艾略特殿下撒嬌要求手鐲是步壞棋啊！」

「是啊，瑪格麗特，不能說出那種話來喔。單是受到殿下的疼愛就已經會招致嫉妒了，如果還仗著受寵而把對方當成搖錢樹，就很有可能會遭到批評。」

「那就討厭了！」

女兒「嗯、嗯」地頷首，母親露出慈母的微笑平靜地教誨。

「沒錯，要更機靈一些。稍微表現出受到吸引而有些依依不捨地望著的模樣，清楚表達出想要什麼物品，但是殿下如果說要買給妳，也不能立刻回答自己想要！」

「是這樣嗎？」

「妳要表現出決定放棄的態度，嘴上雖然拒絕，但露出很想要的表情……這麼一來，殿下就會覺得妳惹人憐愛，忍不住想送更多禮物給妳。要懂得讓男人主動釋出善意！在沒有要求的情況下獲得進貢，這才是『一流』的技巧。」

「原來如此！我學到了！」

總覺得妻子與女兒的交談內容相當恐怖……

男爵有點不敢走進一團和樂的圈子裡，於是站在客廳入口躊躇。

……而安妮塔夫人眼尖地發現了。

「哎呀，老爺，你既然回來了，怎麼不出個聲打招呼呢？」

「嗯……嗯。」

「我不小心跟瑪格麗特聊得太起勁，都沒去迎接你，真抱歉……」

「不，不會，這種事就算了。」

愛妻立刻站起身來殷勤地招呼他。

「爸爸，歡迎回來～！」

「嗯，瑪格麗特，也歡迎妳回來。」

「聽我說，聽我說，我今天在王宮裡啊……！」

可愛的女兒明明已經是青少女，卻還像個女童似的纏住男爵，眼睛閃亮地報告起一整天發生的事。

「喂，瑪格麗特，老爺還穿著外出服喔。有話等吃飯時再說。」

「可是我想馬上說給爸爸聽嘛。」

母女倆為了自己而拌嘴的模樣也十分惹人憐愛。

嗯。剛才那些聽似打著某種算盤的話語，一定也是自己聽錯了。

「好了，妳們兩個，我肚子餓了，快去吃飯吧。」

他與美麗的妻子是在有些不正經的地方認識的，但她的舉止高雅，作為貴族夫人毫無不協調感；而繼承了妻子血脈的可愛女兒也與自己十分親暱，完全看不出並非自己親生。

……男爵只是個不起眼的小官員，自覺甚至配不上這令他夢寐以求的幸福家庭。有什麼好懷疑的？這不是如畫一般的幸福家庭嗎？

男爵如此說服自己，推著妻子與女兒的背，邀請兩人前往餐廳。

⚜

用完晚餐後，瑪格麗特回到位於二樓的房間，打開窗戶眺望屋外的黑暗。由於這一帶沒什麼街燈，景緻並不優美，不過撫過臉頰的微風令人心情舒暢。

在這最能放鬆心情的時刻，她一邊望著半空中一邊想著那件事。

「……沒想到蕾切爾竟然是那種瘋女人。」

瑪格麗特前往地牢，原本是為了「勸降」艾略特王子的「前」未婚妻，沒想到對方竟然會對自己動粗。

……不，她原本已經預料到對方可能會破口大罵，揪住自己或給自己一巴掌之類……但誰能想到這世上竟然有那種開口之前就先來一記膝擊的公爵千金呢？

「而且，比起做出的事情，她的腦袋更加危險吧……」

即使與蕾切爾交談，瑪格麗特也跟不上她的想法。

正確來說，是根本無法理解她究竟在想些什麼。

「那傢伙到底是怎麼回事……說起來，把自己關在牢房裡這件事本身就令人完全無法理解了。」

無論是誰，八成都是這麼想的。

⚜

不應該是這樣的。

瑪格麗特雖然與蕾切爾．佛格森素昧平生，但對方畢竟是第一王子的未婚妻，就連身為低階貴族的瑪格麗特也知道她的長相。

哎，蕾切爾至今給人的印象就只有一句「好像洋娃娃一樣」。

當典禮上的艾略特王子面帶微笑地向對自己尖叫的人們揮手致意時，待在他斜後方的蕾切爾……僅是毫無作為地站在那裡罷了。

艾略特也幾乎沒有向她搭話。說起來，如果王子沒有那麼做，她就只是普通的背景立板而已。

既沒有一起向眾人表達親近，也沒有積極主動地做出其他舉動。

瑪格麗特與艾略特熟稔起來後，曾經委婉地問過這一點，發現王子殿下的認知與自己幾乎相同。

話雖如此……無論是背景立板還是存在感薄弱，蕾切爾都是艾略特名義上的未婚妻，同時是貴族的頂點——公爵家的千金。

雖然除了瑪格麗特，也有眾多女孩以閃亮亮王子（艾略特）為目標，但是論家世、經歷、教養（內外在條件），蕾切爾都將眾人遠遠甩在身後。

任何以身分或頑強態度挑戰追求艾略特的侯爵家或伯爵家千金，全都無法打敗蕾切爾，得到王子殿下。

單靠對艾略特的追求無法取代各方面都很優秀的蕾切爾。

更何況，瑪格麗特是身為貴族社會底層的男爵千金。在家世顯赫的女孩子當中，自己的起跑點可說極為不利。

她靠著在庶民區成長的活力，將在座的千金小姐悉數（物理意義上的）推開，成功走進艾略特的視野。

接著又以貴族千金（不諳世事）做不到的「服務精神」，一口氣獲得以艾略特為首的績優股（大少爺）的好感，與競爭對手拉開了距離……但也僅只於此。除了艾略特的愛，蕾切爾的分數壓倒性地高，如果無法動搖她的根基，爭奪第二名根本毫無意義。

那麼……接下來該怎麼做呢？

艾略特對瑪格麗特的關愛一定比對蕾切爾來得高，她對這點有自信。

如果王子殿下能自由選擇對象，毋庸置疑地被選為王子妃的人一定是瑪格麗特。

所以她這麼想。

「……要是艾略特殿下有正當理由毀棄與蕾切爾的婚約不就好了？」

如果無法超越，那就絆倒對方就行了。

不是在競爭中衝上前去，而是設法讓對手跌跤。

這麼一來，自己就能追過爬不起來的蕾切爾，成為第一名了。

於是……

瑪格麗特向艾略特傾訴競爭對手對自己做出的找碴行為時，將全部算到了蕾切爾頭上。

對如雜草般堅韌的瑪格麗特來說，千金小姐們的惡作劇雖陰險，卻不至於無法忍受……

但是她加以利用，邊啜泣邊繪聲繪影地向王子訴苦，結果非常顯著。

瑪格麗特所受到的卑劣對待令艾略特與侍從全都勃然大怒，也對她同情不已。

「那個一點也不可愛的蕾切爾，竟然嫉妒並欺凌我們可愛的瑪格麗特。」

如此一來，自然出現了「蕾切爾不適合當艾略特的妻子」的聲音。

認為「瑪格麗特才適合艾略特」的主張愈發強烈。

……最後得出「天使般的瑪格麗特才適合成為將來的王妃」的結論。

而艾略特與喬治等人反覆商議的結果，就是晚宴那一晚的定罪戲碼……不過……

⚜

「真是的，那傢伙到底在想些什麼啊……」

即使試著冷靜思考，還是覺得那女人（蕾切爾）不可理喻。

明明突然被關進牢裡，卻能在牢房裡囤積食材與生活用品，固守著任誰都想趕快逃離的牢房，愚弄王子……

「……說起來，如果蕾切爾事先已經知情，為什麼不想辦法避免自己被關呢？」

還算是常識派的瑪格麗特感到納悶。

「而且她似乎真的不記得我的長相了……」

瑪格麗特至少從半年前就緊黏著艾略特王子不放，沒想到她不僅是自己的名字，連長相都不記得……

只要是不感興趣的事，蕾切爾就漠不關心。就算是無關緊要的王子交了其他女朋友，她也不覺得有必要記住對方的長相。

瑪格麗特不知道蕾切爾這樣的想法……思考到最後，從錯誤的角度導出了一個真相。

「……蕾切爾的腦袋該不會其實有問題吧？」

除了記憶力，問題可是堆積如山，主要是思考迴路方面。

瑪格麗特瞪著沒入黑暗的街景，一邊咬著指甲。

「總之，如果她不肯放棄艾略特殿下，我就沒有立場可言。」

那傢伙之所以會如此韜光養晦地玩弄艾略特等人，正是表示她其實對艾略特十分執著

——這是瑪格麗特的判斷。她完全猜錯就是了。

「雖然無論怎麼想，艾略特殿下都不可能回頭關注蕾切爾了……哼，我也不是無法理解蕾切爾為什麼會這麼依戀不捨啦……畢竟艾略特殿下很帥嘛！」

瑪格麗特演繹了相當程度的有眼無珠。

「啊～～超級帥氣的真王子殿下對我著迷不已……太棒了！真令人受不了！」

當事人明明不在場，青春期美少女瑪格麗特十六歲卻嬌羞地扭著身體。

「呵呵呵，艾略特殿下長得又高又帥，而且有點唯我獨尊的態度也……話雖如此，卻對我超級溫柔！啊～～只要一想起艾略特殿下甜美的笑容，我就要流鼻血了……」

比起地位與財富，瑪格麗特更重視帥氣度。

瑪格麗特就這樣不小心沉浸在自己的世界裡好一會兒，又緊握拳頭回到原本思考的事情上。

「算了，也罷。不管蕾切爾再怎麼掙扎，事到如今風向也無法改變了。艾略特殿下跟我就是王宮的最佳情侶！這是全世界的常識！等國王陛下回來時，這件事就會成為屹立不搖的既定事實。」

就算國王陛下覺得蕾切爾比較好，只要周遭完全支持艾略特、瑪格麗特的組合，他也無法說出要恢復原狀的話吧。艾略特與瑪格麗特的計畫就是將輿論導往這個方向。

「即使蕾切爾想挽回，到這個地步也無力回天了，畢竟她可是待在牢房裡。就算她想操作宮裡的輿論，離不開牢房就無能為力了。」

雖然瑪格麗特是這麼想的……

但蕾切爾理應遭到監禁而動彈不得，牢房裡的家具為什麼還會接二連三地增加？補給物資在不知不覺間陸續送來究竟是怎麼回事？瑪格麗特無法理解箇中問題。

完全沒有察覺理論上的漏洞，雙馬尾少女想到這裡就突然露出窩囊的傻笑。

「而且，艾略特殿下的心已經完全在我身上了……無論蕾切爾試圖用什麼方法引誘他，終究也只是條鬥敗的狗而已。」

蕾切爾的目的是艾略特——瑪格麗特對這點深信不疑。這種死心眼或許是瑪格麗特的強大之處……但同樣也是弱點。

「無論如何，艾略特殿下都絕對不會被那傢伙打動，這是因為……！」

瑪格麗特低喃至此，抬頭仰望陰暗的夜空，自鳴得意地哄然大笑。

「因為艾略特殿下已經有我了！只要有我這個超級無敵美少女瑪格麗特小姐在，他根本就不會理睬妳！我承認妳的長相還過得去啦！不過第二名可沒有被點檯的機會！啊～～哈哈哈哈！」

瑪格麗特響徹夜空的高亢笑聲，與「砰」地粗暴推開窗戶的聲音重疊。

「吵死了！又是波瓦森家的笨女兒嗎？妳以為現在幾點了！」

「對不起～～！」

瑪格麗特因為沉浸於「一個人的世界」裡，被鄰居吐槽而倉皇失措地致歉。關上窗後，她壓低音量……再次發誓要勝利。

「……呵呵呵，照這樣下去，艾略特殿下就是我的人了！為了確實達成這點，無論如何都要在艾略特殿下的爸爸回來之前，逼蕾切爾說出『是我輸了』。」

艾略特對蕾切爾做出各種找碴行為，但似乎都沒什麼進展。

會不會是因為王子殿下對這種事情沒有免疫力，手段過於謹慎，才會對死皮賴臉的蕾切爾不起作用呢？

既然如此……

「呵呵，看來運用我在庶民區鍛鍊起來的技巧的時候到了。」

雖然不值得驕傲……真的沒有在驕傲，但瑪格麗特不僅是在龍蛇雜處的城鎮出生成長，還在「艾略特爭奪戰」這場發揮女性本領的戰爭中勝出。對於該如何令「貴族千金」的內心受挫，她自認比在溫室裡的大少爺艾略特還要擅長。

「蕾切爾，給我等著瞧吧……我一定會在出乎妳意料的情況下，給妳一記迎頭痛擊！」

就在瑪格麗特要再次放聲大笑時……她連忙摀住自己的嘴，從窗邊悄悄地環顧周遭。

⚜

「欸，媽媽，我昨晚『有點』吵鬧，結果被鄰居罵了……爸爸媽媽沒有被我吵醒嗎？」

「哎呀，是這樣嗎？老爺跟我都睡得很熟喔。」

「你們這麼疲倦嗎？爸爸媽媽傍晚時明明還很有精神。」

「是啊……『正是因為』爸爸跟媽媽都很有精神吧。我們倆晚上努力地在替瑪格麗特做弟弟，才會累得呼呼大睡喔。」

「哦咦？『做』弟弟？」

瑪格麗特出乎意料地相當純真。

20 【公爵謁見國王】

從車窗往外看去，鄉村城鎮的景色在鄉土氣息中散發著說不出來的時尚氛圍。

佛格森公爵從在人群中緩緩行駛的馬車裡，望著終於抵達的夫拉卡溫泉鄉街景。

「哦……不愧是令瑙曼伯爵引以為傲，收益最高的領地。」

乍看之下雖是尋常鄉村，不過主要街道上店鋪櫛比鱗次，許多行人在街上漫步。或許是許多人都長期停留於此，放眼望去，沒什麼人攜帶看似旅客的行囊。

或許是來到療養地而感到自在，在馬車周遭熙來攘往的人們都以對旅行而言輕裝打扮的模樣悠閒散步。仔細一看，似乎有許多人都抱著觀光的心態瀏覽櫥窗，或是挑選要去哪間店吃午餐。真是條相當熱鬧的溫泉街。

公爵感到佩服……同時也心生疑問。

「……經濟活動看起來有相當的規模，不過瑙曼伯爵的報稅金額似乎少報了許多……」

「達恩，現在不是工作時間喔……」

公爵不由自主地意識到工作的事情，而公爵夫人則提醒工作狂丈夫現在應該關心的優先順序。沒錯，比起別人的逃漏稅嫌疑，今天最重要的是女兒的毀婚問題。

這對互補的夫妻搭乘的馬車就在護衛的引導下，駛進以上流階層為對象的高級旅館林立的區域。

⚜

當國王享受完戶外露天溫泉，正擦拭著頭髮時，侍從前來通知訪客到來。

「佛格森公爵夫妻從王都造訪，聽聞陛下在此停留做溫泉療養，因此特地前來請安。」

「這樣啊。將他們帶到客廳，朕立刻過去。」

「是！」

國王換好衣服走進套房的會客室，看見舊識公爵夫妻連行裝都沒解下地等候自己。兩人隨即起身深深鞠躬，國王落落大方地回應後坐到位於上座的沙發上，並要夫妻倆也坐下。

「公爵，你來得正好。哎，這裡不是王宮，只是間旅宿，而且沒有外人在，就放輕鬆一點吧。」

「好的，失禮了。」

「嗯，朕正在做溫泉療養，不用拘泥……啊，你聽著，朕想盡量詢問公爵王都的狀況，因為會牽涉到複雜的話題，在朕召喚之前別讓任何人進入房裡。」

「遵命！」

國王叮嚀奉茶的侍從暫時屏退旁人後，就津津有味地品嚐著溫泉名產——凍得清涼的冰茶。公爵夫妻也坐在他對面啜飲著涼茶。

就在侍從行了個禮，離開房間關上房門那一剎那。

「喂，羅伯特，你家的臭小子（艾略特）在搞什麼鬼啊！」

公爵（部下）立刻掐住了掌握國家最高權力之人（國王）的脖子。

「等等，等等，達恩，你冷靜一點！」

「就是啊，達恩！再怎麼說也不能在不知道有誰會進來的情況下掐住陛下的頸子啊！」

公爵夫人（伊榭麗亞）啊，難道確定不會有任何人進來就可以嗎？

國王雖然對朋友之妻所說的話略有微詞，但現在不是離題的時候。

在國王與妻子阻攔下，公爵這才放開上司的衣襟，心有不滿地退後。

「不好意思，因為『某個人的蠢兒子』，害得身心俱疲了好一陣子，才會『稍微』做出失禮的舉動。」

「你啊，掐住國王的脖子，竟然說是稍微……」

國王整理好衣襟後，重新坐回沙發上。

「朕都聽說狀況了……正確來說是讀過你們送來的快報了。哎呀，那個笨兒子竟然……對於這點，朕老實地道歉。」

「真是的……你那個既沒用又不明事理，空前絕後的蠢兒子，這次真的是給我闖出了毫無道理的大禍啊！」

「就說了，你啊……朕自己說也就算了，你竟然在身為父親、身為國王的朕面前說王子是蠢兒子……」

「沒辦法，這畢竟是事實啊！」

兒時玩伴氣勢洶洶地將焦慮直接發洩在自己身上，國王也苦笑著將玻璃杯送到嘴邊。

其實在二十幾年前，國王與公爵的關係就像現在的艾略特王子與喬治一樣。哎，雖然（應該）並不是愚蠢到那種地步的笨蛋主從就是了。

兩人從不到十歲時就一起玩，一起學習。當時的朋友直到現在仍可說是最為無拘無束的關係。

也因為雙方父親有這層淵源……使得艾略特與蕾切爾這一對組合，在政界派系拉鋸上也不會有任何變動，理應是最理想的婚約……沒想到竟然會因為其中一方意識到「真正的愛」

而擅自宣布要毀婚。

「不過，該怎麼處理呢……」

「總之你們父子倆先給我下跪道歉——我是這麼想的。」

「要怎麼讓你洩憤這點，現在無關緊要。朕擔心的是艾略特公然做出那種事，會令社交界為之動搖。」

國王將視線移向伊榭麗亞，她蹙眉苦笑。

「家中有適齡女兒的中～低階貴族都認為自己或許有機會而激奮歡騰呢。畢竟不只是宣布毀婚，繼承未婚妻地位的還是男爵家的拖油瓶。」

蕾切爾在艾略特這一輩的貴族千金中，毫無疑問列居首位；而艾略特欲取而代之的瑪格麗特・波瓦森男爵千金，無論血統或家世恐怕都是吊車尾。然而吊車尾竟然超越第一名獲得勝利……在卡牌遊戲中，這種結局被稱作「革命」。

既然發生這種大爆冷門（難以置信的大逆轉）的情況，每個原本旁觀的貴族千金會認為「自己也有機會」……而懷抱夢想也是理所當然。既然連「那個」瑪格麗特都能做到，自己不可能辦不到。

那群認為要是靠著尋常手段，子子孫孫永遠沒機會出頭的人，在發現了能靠女兒一口氣翻身的可能性後都大感興奮。無論是父母或女兒，此刻都為了吸引艾略特的注意而做著可悲的努力吧。

「原來如此，那麼偏高階貴族的那些人呢……？」

公爵夫妻猜到國王想問些什麼。

「如您所想，由於王子出乎意料地愚蠢，以及下一代排名序列瓦解，令眾人大感動搖，幾乎陷入了恐慌。」

伊榭麗亞的措辭也相當辛辣。

「畢竟陛下那裡的大型垃圾（艾略特）連這種程度的事都不清楚啊……羅伯特，你最好活久一點，王位直接跳過下一代，讓孫子輩繼承，否則那個笨蛋一即位就會發生人口外流與有力諸侯叛亂的情況喔。」

而達恩甚至不打算克制漫罵了。

實際上，公爵所預期的事情確有幾分真實性，令人無法視為危言聳聽而一笑置之。

就連高階貴族也會希望能讓自己家的女兒與蕾切爾交換。由於原本就有可能實現，在考量上比那群不顧一切蜂擁而上的中低階（下三濫）貴族更為現實吧。

而對於這個結果……

他們判斷比起讓自己的女兒成為下任王妃的好處，引發社會混亂而造成的壞處影響更為巨大。

如果艾略特暗中進行這項計畫並避免公開內情也就罷了……但他事前竟然完全沒有疏通，就這樣在不特定人士的眾多人面前公開，社交界此時早已亂成一團。評論王室的同時，自然也會附加協助腦袋不好的王子從頭重建秩序的義務……而且由於國王（羅伯特）仍在位，如果在現階段就展現出欲望，就會在艾略特即位之前遭到擊潰。如果是懂得計算正常利弊得失的貴族，自然不會現階段就參戰。

話雖如此，這終究是以家族為單位的情況，單看女兒本身的話，仍有許多人與低階貴族的想法相同，會為了搶奪艾略特而展現魅力……不過這點現在無關緊要。

友人簡單地點出這項問題，國王就露出諷刺的笑容。

「達恩，你的提議有漏洞。」

「有什麼漏洞？」

國王猛然指向兒時玩伴的臉。

「你雖說要賭在孫子輩身上……但無法保證艾略特的兒子就很正常吧？」

「是啊，說得沒錯。畢竟是陛下的孫子嘛。」

國王自虐地諷刺，公爵則泰然自若地領首同意。

「話說，蕾切爾小姐實際上對這件事有什麼想法？從你們送來的密函看來，她反倒相當開心啊。」

國王從邊桌的信件匣內取出信封這麼詢問，公爵的表情就沉了下來。

「是啊，她似乎十分享受牢獄生活，連作父親的我都覺得畏懼。該說是早已預期會發生這樣的事嗎……她的準備過於周全，令人害怕。」

「那麼厲害？比如說？」

公爵指了國王手中的書信。

「那封信不是我寄的。」

「……不是你寄的嗎？」

「沒錯。」

國王確認般詢問，公爵緩緩點頭。接著他以淺顯易懂的方式娓娓道來。

「蕾切爾擁有連我也不知道的地下組織，那個組織調查出臭小子（艾略特）的陰謀，

『事先』將為數龐大的生活物資搬進王宮的地牢裡以防萬一，

並與遭囚禁『後』的蕾切爾保持聯繫，確認今後的方針；
調查連我也不知道的陛下旅遊行程，隨時掌握你現在的位置，
並在當地安排好特工，指示對方祕密將信件送達；
然後預料到陛下在暫停行程後不會回到王都，而在幕後安排你在此停留，
最後再把我送來這裡，好跟你商量計畫該怎麼進行收尾。」

國王一言不發地聽到這裡，公爵又想起了什麼似的追加一句：

「順帶一提，在蕾切爾被關進牢裡的那一晚，組織成員才輕描淡寫地告知我這個組織的存在。」

公爵說到這裡，喝了一口茶潤潤喉。

「我並不知道組織成員潛伏在什麼地方，到底有多少人。雖然知道蕾切爾的侍女與女僕有三人參與其中，但如果組織裡只有公爵（我家）家的人，不可能有辦法調查到王都外的情況。老實說，我認為蕾切爾的手下人數搞不好比公爵家的家臣還多。」

公爵說完，用手抵著額頭的國王這才動了動身子。

「我說啊……考慮到將來，就這樣將蕾切爾小姐處刑還比較好吧？」

「身為公職人員的話，我會點頭贊同；但身為父親，我徹底反對。而且身為行政相關人

員，考量到安全問題，我難以服從這項決定。」

「安全問題？」

明知失禮，公爵仍直勾勾地盯著國王的眼睛看。

「……羅伯特，你仔細想想。這可是讓一個辦得到這種事情，而且完全無法掌握實際面貌的組織處於群龍無首的狀態喔，如果蕾切爾不在了，這些傢伙潛伏於地下並伺機報復該怎麼辦？」

「……畢竟有將大量物資運進王宮的實績在啊。」

國王將信件匣倒過來，把剩下的書信倒在桌上。那些幾乎都是宮廷或政府送來的緊急通報。

「那份優秀能力真令人羨慕至極。與蕾切爾小姐的部下相比，王宮的人可說是不值一提……在報告了艾略特的暴行後，就只會詢問：『接下來該如何是好？』」

「與其說是蕾切爾的部下優秀，不如說是朝臣過於靠不住吧？」

「這麼說也沒錯……而且，各部署還分別送了相同的內容過來……等朕回去後必須著手進行行政改革。」

「這種之後的事情暫且不論，應該先考慮這次事件該如何收拾。必須盡快阻止那個笨蛋王子……不，我當然不會突然說要把他吊起來，雖然我認為這是最好的做法！」

與怒不可遏的公爵相反，國王靜靜地眺望窗外。

「……總之，關於這點就慢慢討論……達恩，你先去房間放下行李，好好放鬆一會兒。這間旅館的專用露天溫泉很寬敞，相當舒服喔。」

舊識突然岔開話題，讓公爵(達恩)冷眼瞪著他吐槽：

「你一定在裡面游泳了吧。」

「在寬敞的溫泉裡不游泳，這種沒規矩的事情朕可做不出來。」

「對於雙方觀點方面的差異暫且不管，還請你考慮到自身立場，謹言慎行啊，『國王陛下』。」

國王一臉疲憊地深深埋入沙發。

「因為艾略特一個笨蛋，搞出這麼要命的事態……達恩，這可不是能輕易想出善後對策的案件吧？依朕來看，事情今後還會繼續變化。」

「……你的意思是蕾切爾還想做些什麼嗎？」

「朕只是認為有這個可能。」

公爵陷入沉默，國王則笑著對他開口：

「而且該怎麼說呢……畢竟蕾切爾小姐很擅長運籌帷幄，搞不好她早已考慮好讓雙方都有臺階下的時機了。」

國王陛下認為蕾切爾應該不至於打算負隅頑抗到底。

「我們也得仔細思考，找出她所追求的最好答案。」

國王怎能說出如此怯懦的話……公爵正想這麼說時，國王不經意地問他：

「對了，達恩，姑且不提令嬡的部下催促你來泡溫泉的事……預約了這間旅館的人是你嗎？」

「什麼？……不，因為我是頭一次來，並不清楚這裡的旅館，總之打算先見過陛下後再去找。」

「這樣啊。」

國王緩緩地將玻璃杯放回桌上。

「在我們抵達這座溫泉鎮時，侍從原本找上這間最高級的旅館，並與老闆交涉希望包下整間旅館……但因為在這之前就有『身分非常尊貴的一行人預約入住』，旅館打一開始就很空，幾乎是包場了。而唯一先行預約的另一份訂單，就是你的房間。」

三個人都陷入了沉默。

隔了一會兒，公爵悄聲低語。

「所以我才不想讓蕾切爾嫁給笨蛋王子。」

「那又不是讓她成長得這麼扭曲的原因。」

「不……」

公爵拿起國王放在桌上的報告。

「從口氣聽來……他們似乎是在幾乎確定與那個笨蛋（艾略特）的婚約後才正式展開活動……」

「……是預料到婚姻生活不會順利，試圖搶先取得優勢嗎？」

「大概是吧……啊，果然就算是王妃陛下強烈要求也該拒絕……這麼一來，蕾切爾就只會是個普通的有病貴族千金。」

「即使如此問題也已經夠大了。對了，如果是朕強硬要求呢？」

「如果是你那一文不值的命令，我會直接扔進垃圾桶裡忘掉。」

「這種話是最不該在朕面前說的吧。」

公爵將報告扔回桌上，仰頭望向天花板。

「……還是說，在蕾切爾想讓笨蛋王子沉進池塘那時候，我應該袖手旁觀就好呢？」

「你啊，這種話是最不該在當事人的父親面前說的吧……說起來，如果那起事件不是以未遂告終，就算是幼童所為，還是會被判死刑喔。」

公爵無力地揮揮手。

「我知道啦，我是開玩笑的……大概兩成左右。」

「有八成是認真的，就表示你是真心這麼想。」

就在國王與公爵不由得陷入沉默時，開朗的聲音傳了過來。

「不好意思，我來遲了……啊，伊樹麗亞，好久不見！」

遲了一段時間，王妃穿著與國王成套的浴袍走進客廳。她與起身致意的公爵夫妻打了招呼後，坐到國王身旁。

「哎呀，真是抱歉。」

「妳來得真慢，怎麼回事？」

丈夫詢問，王妃就滿不在乎地回答：

「這麼大的溫泉，得游個泳才有禮貌吧？因為我設定以來回游二十趟為目標，所以才會晚到。」

這對夫妻還真像——公爵夫妻心想。

王妃聽完概略經過，在公爵說明結束後就立刻回答：

「蕾切爾小姐就是下任王妃，這一點不會有任何改變！」

「不過這點已經難以辦到了吧。蕾切爾本人也不願意……」

「那麼，公爵，我反過來問你。」

王妃端正坐姿。

「如果少了蕾切爾小姐，讓那個人當國王，國政有辦法運作嗎？」

這問題太過正確，令公爵與國王陷入沉默。公爵夫人則很有禮貌地看向別處。

「……看來似乎沒有異議。因此，即使需要揣度火大的蕾切爾小姐的期望……我方的底線仍是堅持蕾切爾小姐必須嫁入王室，請以此為前提思考能讓蕾切爾小姐接受的方案。」

「王妃，這也太亂來了……」

國王正想反駁王妃說過頭了，王妃就乾脆地打斷他。

「即使亂來也必須這麼做。你認為國家在你過世後五年內就滅亡這種事，能當作夢話一笑置之嗎？」

王妃的話語令國王與公爵抱頭苦思……

「……欸，來日方長，先去泡個溫泉吧。」

「畢竟不是輕易能想出來的事……總之去辦理入住吧。」

「伊樹麗亞，這間旅館還有瘦身美容芳療方案喔！」

「哎呀，真棒！」

四人站起身，投奔名為溫泉療養的逃避現實行動。

21【千金小姐與少女加深交情】

瑪格麗特抵達地牢入口時，發現獄卒不在那裡，無人監視。

「獄卒先生～？獄卒先生～！」

即使叫喚也無人回應。

「……奇怪？」

瑪格麗特走到有人來往的道路上向衛兵確認，這才得知因為王宮地牢只關了蕾切爾一個人，獄卒只有部分時段會在這裡，除了偶爾前來巡邏，平時並不在牢房。

「原來是這樣啊～」

瑪格麗特彬彬有禮地向說明的衛兵致謝後回到牢房。

「嗯～也沒有上鎖呢。」

瑪格麗特推開並沒有特別上鎖的鐵門，同時為了這個好兆頭暗自竊笑。

「那個蠢獄卒也很機靈嘛！既然沒有確實檢查，不就能盡情找那個臭女人的碴了嗎？」

前幾天第一次造訪時，吃了出乎意料的閃電攻擊，不小心亂了陣腳，讓在場的獄卒看見自己的本性……不過似乎沒有風聲傳出去，看來他並未四處散布。

「可是，獄卒或許會告訴三番兩次前來地牢的艾略特殿下或賽克斯，所以他不在真是千載難逢的好機會。」

少女興奮地步下地牢。

瑪格麗特十分有骨氣，既然被「招呼」了，就要確實地以牙還牙。

⚜

又因熬夜寫稿而賴床的蕾切爾，此時正好品嚐完作為早午餐的馬鈴薯濃湯、餅乾與水果雞尾酒。

聽見訪客走下階梯的腳步聲，蕾切爾原本以為是獄卒，沒想到是前幾天來過一次的沙・包小姐。她一直很想再見到對方，看見對方主動造訪令她非常開心。

「哎呀，包小姐，歡迎光臨。我一直在等候妳大駕光臨呢！」

「啊？歡迎我是無所謂……但包小姐是誰？」

紅髮少女一臉狐疑地蹙眉，姑且轉頭確認是否還有其他人在。

她那簡直誤以為是別人的言行舉止讓蕾切爾也納悶地歪頭。

「咦？就是妳啊，沙・包小姐。」

「啊？妳是指我？那是哪門子的名字！」

「咦？就是妳啊。擁有世界第一的挨打型身材，『過度美麗的沙包』的稱號名震江湖的沙．包小姐，不是嗎？」

「我在妳的妄想中到底變成什麼模樣了？是因為被關在牢房裡，分不清現實與幻想了嗎？過度美麗的沙包到底是什麼東西啊！」

大吼大罵的可愛雙馬尾少女生起氣來模樣也十分嚇人，她指著蕾切爾說：

「妳給我記好！我的名字是瑪格麗特．波瓦森，是波瓦森男爵家的長女！就是要取代因為一直欺負我而失去艾略特殿下歡心的妳，成為下任王妃的女人！怎樣，懂了吧？明白自己的立場了嗎？如果不甘心可以大喊喔，讓我看看妳哭喪著臉哇哇大哭的模樣！」

無論怎麼看，現在瑪格麗特小姐自己都比較像是哭喪著臉的那一方。

蕾切爾閉上眼睛陷入沉思。

她在思考了一會兒後睜開眼，對憤怒的紅髮少女露出笑容。

「哎，這種無關緊要的小事就暫且擱置。總之請先讓我揍一拳吧？」

「哪裡無關緊要了！那可是我的名字耶！還有與王子殿下的婚約喔！」

千金小姐搥胸頓足，令蕾切爾猶豫著該怎麼說明……最後決定直截了當地說。

「我並不特別感興趣。」

「給我感興趣啊，你這個臭貴族！所以我才討厭出身良好的傢伙！」

「比起這種事，我對於妳那看起來很好呼巴掌的豐腴Q彈肌膚更是興致濃厚！還有擊中下巴似乎會以驚人氣勢扭轉的纖細頸子，或是吃了一記上鉤拳會發出聲響的心窩……我對妳超級感興趣的！」

「既然如此，好歹也記住我的名字啊！」

大為光火的瑪格麗特為了逼近蕾切爾而踏出一步……下一瞬間就往旁邊跳去。事先拋向瑪格麗特原本所站位置的套索，在千鈞一髮之際差點就要把她拖向牢房了。

「嘖！」

「好險！妳這混帳！竟然若無其事地設下陷阱！」

「只差一點就能抓到了……妳的直覺出乎意料地敏銳呢。」

囚犯竟然試圖抓住牢房外的人，真是矛盾。

瑪格麗特順著跳躍的力道在地上滾動後，緩緩站起身來拍去腿上的塵埃。

「呵……呵呵呵呵……說得也是，是我太小看妳了。妳的目的是想偽裝成愚蠢的虐待狂女，把我抓起來當人質吧？」

「沒有啊，比起當人質，我更想把妳抓起來打，讓妳發出好聽的慘叫聲。」

從換氣窗吹進來的旋風刮過沉默不語的兩人之間。

原本沉默的瑪格麗特聳肩冷笑。

「……妳嘴上這麼說，其實是為了把我當人質，作為要求艾略特殿下將妳釋放與重新訂婚的交換條件吧？我懂。」

「不，我是自願被關進牢裡的，而且與殿下重訂婚約簡直就是一場惡夢，我並不如此希望。不過……說得也是，以妳的身體作為釋放妳的交換條件也不錯。」

「啊？咦？」

瑪格麗特的頭上浮現問號，在她面前的蕾切爾則雙手托腮，露出陶醉的表情。

「就是說如果我抓到妳，只要能把妳也關進牢裡任憑我為所欲為，要我釋放妳也行。」

「……等一下，我搞不懂妳的邏輯。」

瑪格麗特百思不得其解，而蕾切爾則在鐵柵欄裡嘆了口氣。

「不過，因為一開始就沒能成功抓到妳，無法進行談判了。」

「……說得也是！沒錯，妳一開始就沒抓到我嘛！啊～～害我白緊張了！」

瑪格麗特鬆了口氣，下個瞬間又一個前空翻，在石版地上打滾。拋向瑪格麗特原本所在空間的套索只套住虛無的空氣。

「嘖！」

「妳～～～啊！給我適可而止喔！」

⚜

「對了……」蕾切爾低語。

「沙．包小姐有何貴幹？我可是十分忙碌，沒辦法一直搭理妳。」

「被妳害得全都搞砸啦！我根本沒機會講……說起來，妳在牢房裡需要忙什麼？捏死蝨子？抓老鼠？公爵家的千金竟然得為了蟲子跟老鼠煩惱……哈哈哈，真是笑死人了！我也曾經吃過許多苦頭喔，好人家的千金活該嚐嚐這種苦頭！」

對身為前平民，正確來說是貧民出身，隨著母親嫁到男爵家的瑪格麗特而言，原本居於遙遠高處的公爵千金淪落至此的模樣令她覺得可笑至極。她捧腹爆笑，蕾切爾卻以吃驚的表情看著她。

「咦？這裡並不會出現蟲子或老鼠喔。」

「……啊？」

「應該說，是因為我帶來的行李中有除蟲香，才沒有出現嗎？」

「……不會出現？在這種地方？」

蕾切爾以看著極度可悲的事物般的眼神看著瑪格麗特。

「波瓦森男爵家……會出現啊？」

「別用那種眼神看我——！那是以前的事了！不是現在的家！現在只會偶爾出現而已！」

瑪格麗特錯亂般大喊，接著突然察覺一件重要的事。

「……妳明明就記得我的家名！開什麼玩笑啊！」

「畢竟剛剛才聽過啊。」

蕾切爾毫不退怯地露出誠實的微笑。

「不過我並沒有惡意。妳想嘛，對於親密的朋友，不是都會想用綽號稱呼對方嗎……」

「妳啊……」

瑪格麗特彎下腰，撿起一旁給獄卒坐的椅子……使盡全力扔向蕾切爾。當然被鐵柵欄阻擋而摔在地上了。

波瓦森男爵千金（瑪格麗特）仰天怒吼：

「如果沒有惡意，怎麼可能會替人取沙．包這種綽號啊——！」

「哎呀！我的誠意無法傳達給妳，真是遺憾……」

「妳應該把自己的腦子拿出來好好洗一洗，然後請醫師幫妳把破掉的地方縫補一下！」

「真是非常感謝妳創新的建議，我會積極考慮並妥善處理的。」

「妳根本完全不考慮治好吧！」

⚜

在瑪格麗特的理智瀕臨斷線之前，沉重的背包令她回想起自己的目的。

「對了！都是因為妳，害我差點忘記自己特地跑來這種地方做什麼了！」

瑪格麗特可愛的臉龐不懷好意地扭曲，放下揹來的背包。

「唔呵呵呵呵，我今天啊……特地為了在地牢享用空虛慘淡的伙食的蕾切爾小姐，送來非～常棒的伴手禮喔。」

瑪格麗特從背包中取出毛巾，夾入薄荷香包，然後蓋住臉的下半部。她以含糊不清的聲音笑著對蕾切爾說：

「我用艾略特殿下給我的錢去市場買了新鮮水果喔。營養價值高，又對身體很好。」

她蒙面後，接著取出厚手套戴上，再從背包裡拿出嚴實密封，形狀詭異的物體。

「而且我特地請店家挑了熟透的，對待在這日光無法照進來的地牢裡，只能吃保存食品的妳的身體一定很有幫助～～」

瑪格麗特用小刀切開包裝，取出內容物，強烈的腐臭味在牢房內迅速擴散開來。緊接在臭味之後現身的，是充滿黃灰色尖刺的東西。

「這是南方國家的水果，叫作榴槤。雖然味道有～點強烈，但強烈的香氣正是成熟的證據。呵呵呵，請盡～情享受新鮮的水果吧！」

瑪格麗特將帶來的榴槤放在蕾切爾伸手搆不到的獄卒用桌上。

「因為有堅硬的外殼包裹著，就請獄卒先生替妳剖開吧。為了避免滾到其他地方，我就先擺在這裡。」

瑪格麗特這麼說，在毛巾面罩後方露出不懷好意的諷刺笑容，看著蕾切爾。

艾略特殿下就是因為想讓蕾切爾屈服，採取了寬容的手段，才會進展得不順利。

總之要澈底惡整蕾切爾，管她要不要道歉都無妨。

只要讓這女人痛苦就夠了。什麼都不想地加以打擊，就結果來說或許反而能讓她投降。

瑪格麗特這麼想著，看向公爵千金（蕾切爾），只見她泰然自若地看著榴槤。

「嗚哇～真令人懷念，我以前去國外視察時曾經看過呢。」

蕾切爾興致勃勃地看著散發腐臭味道的水果，完全看不出膽怯的模樣。

「……妳對這股臭味無動於衷嗎？」

「洋蔥之類的蔬果腐敗時也會散發出類似的臭味呢。哎，當地人似乎覺得這種氣味很棒就是了。」

「……」

沒想到蕾切爾竟然對這種水果有抗性。

瑪格麗特極為懊惱地在毛巾面罩後方咬牙切齒。這時，眼前的蕾切爾在牢房深處打開木箱，開始翻找起什麼來。

「呃～我記得是在這一帶……有了有了。」

蕾切爾拿著一個大罐頭走了回來。

「波瓦森小姐，這個送給妳作為回禮。」

「嗯？這是什麼？」

蕾切爾遞出的罐頭似乎是外國製品。

「這是我以前與艾略特殿下前往國外視察時，殿下十分中意的物品。哎，他或許沒看過裝在罐頭裡的模樣。我正好有帶過來，就送給妳吧。」

「是什麼珍奇的東西嗎？」

「這是我國相當罕見的食物喔。」

「哦～～……」

看來似乎非常貴重，而且還是國內無法取得的艾略特殿下愛吃的食物。

瑪格麗特接過沉甸甸的罐頭。

「我馬上回去開看看～～！」

「很高興妳喜歡。」

⚜

瑪格麗特如風一般離去，留下蕾切爾一個人。

「我就覺得似乎在哪裡看過她，原來是晚宴時緊黏著殿下的鯽魚小姐啊。」

由於她對艾略特不感興趣，只關注毀婚的發展，所以並沒確認艾略特的對象究竟是誰。

現在回想起來，那真是致命的愚蠢失誤。

老實說，蕾切爾只需要艾略特宣告毀婚並將自己關進牢裡這段情節……因此對她來說，除了蠢王子以外的人全是路人。

「波瓦森男爵家的瑪格麗特小姐……根據和她交談過兩次的感覺，她是會因為對象是男是女而改變態度的肉食系女子；一激動起來就會立刻露出本性，這點相當單純；而從將目標對象送給自己的物品信以為真地帶回去這點，也可窺見她思慮不周。」

蕾切爾將手抵在下巴，嗯嗯地點頭……

「總括來說，就是思慮淺薄的傻女孩呢。」

當蕾切爾獨自在開始轉暗的牢裡思考時，獄卒拿著搖曳的油燈走了進來。

「怎麼，小姐妳醒著啊？這個臭得要命的味道是怎麼回事？」

聽見獄卒熟悉的口吻，蕾切爾微微一笑，舒展愁眉。

「那是剛才前來會面的小姐帶來的伴手禮，不過似乎腐敗了……」

獄卒走近後看見擺在自己值日桌上的問題物品，露出極為厭惡的表情。

「這還真是臭得要命啊……對方帶來之前完全沒有察覺嗎？是哪個傻瓜啊？」

「就是前幾天來過的沙・包小姐。」

「啊，是那傢伙啊……」

獄卒露出莫名理解的表情，用破布包起（以為）腐敗的榴槤拿了出去。

蕾切爾目送他離開後，盡可能找了一塊最大的板子，挖出刷油漆時使用的口罩戴上。為了替牢房換氣，她竭盡全力地搧著風。

蕾切爾以下任王妃身分接受了嚴厲的教育，假裝面不改色的功力自然也是一流的。

⚜

瑪格麗特小姐抱著一個大罐頭，來到正在辦公室與侍從喝茶的艾略特王子身邊。
「艾略特殿下，我收到了這個，要不要開開看？」
「瑪格麗特！嗯，這是什麼？」
看見摯愛的少女造訪，艾略特露出笑容起身，視線停留在她捧著的罕見物品上。
「聽說這是艾略特殿下您出國遊覽時，相當中意的食物喔！」
「在國外吃過的食物嗎？嗯～是什麼啊……」
自己雖然出國視察過好幾次，不過有什麼食物令自己中意到印象深刻嗎？
喬治拿起罐頭，試著閱讀標籤。
「呃～……surströmming（註：鹽醃鯡魚）？從圖片看起來應該是魚類料理……」
罐頭上的說明是完全看不懂的字。賽克斯從喬治手中接過罐頭，輕敲脹得鼓鼓的表面。
「我雖然看過罐頭，但原來有會膨脹得這麼厲害的罐頭啊。」
他並沒有關於發酵的知識。
「殿下，這是什麼料理？」

「我完全沒有印象……而且這是我頭一次近距離看到罐頭，這是什麼東西呢？」

艾略特與喬治感到納悶，賽克斯則一笑置之。

「只要打開來看不就知道了嗎？用我的小刀應該打得開上蓋。」

「這樣啊。好，那就開看看吧。」

在艾略特、瑪格麗特與喬治盯著看的視線下，賽克斯用左手壓著罐頭，右手裡的小刀高高舉起。

這時，艾略特突然在意起什麼，詢問在一旁興奮地盯著罐頭的瑪格麗特：

「這是誰送給妳的？」

「是蕾切爾小姐。」

「賽克斯！住……」

在艾略特發出制止的吶喊同時，賽克斯的小刀深深刺進了罐頭。

Slow Life of a Young Lady
in Prison, Triggered by
Breaking Off the Engagement
First volume

【第 5 章】

姊弟與令人懷念的回憶

22【侍女送東西給主人】

「聽好了，連一隻老鼠都不許通過！必須確實封鎖，逼緊蕾切爾！」

在艾略特王子的指示下，地牢所在的建築物周遭配置了騎士。從騎士團派遣數名人員輪班躲在暗處看守，一旦蕾切爾與外界取得聯繫就立刻逮捕。

「無論怎麼想，蕾切爾小姐一定都有開啟牢房的門領取新物資，否則無法解釋那些嶄新的家具是從哪裡來的。當場逮住從外面運送物資的傢伙，讓她親身體驗切斷糧道的感覺。」

賽克斯向騎士們說明作戰計畫，並故意講得讓牢裡的蕾切爾聽見。

騎士們分別躲在看得見入口、換氣窗的樹木後方，企圖在聯絡人大意地接近時當場逮住。只要依賴的救命繩在眼前遭到逮捕，就算是蕾切爾也會感到失落沮喪吧。

「真是的……公爵家還是一樣沒有動靜，這到底是怎麼一回事？」

艾略特煩躁地低語。公爵家別說是展開救援行動了，公爵夫妻甚至還悠閒地外出旅行。

「那些傢伙真的搞得清楚狀況嗎？自己的女兒可是犯罪被捕了喔！照理來說，應該會送些慰勞品過來吧！」

「殿下，您究竟是希望有人送補給給姊姊，還是不希望……？」

喬治質疑，艾略特不快地回答：

「當然不能讓人送支援物資給蕾切爾，不過身為父母，理應至少會希望送份點心過去吧？真是的，公爵到底在搞什麼！」

「……要我以家父的名義從城郭的店送點心過去嗎？」

「嗯，然後在她面前大口吃掉。」

「啊，您想好要怎麼找碴了啊……」

不曉得蕾切爾有沒有注意到外頭刻意讓她聽見的吵鬧聲，她今天仍戴著眼罩，躲在被窩裡酣睡。

⚜

管家今天也一樣忙著處理自己的工作與代理主人的工作時，蘇菲亞過來找他。

小姐的貼身侍女穿著外出用外套並戴上了頭巾。看來似乎是要出門。

「喬納森先生，我要去與小姐『會面』。」

「啊，是嗎？請幫我轉達『傭人們都很替她擔心』。」

管家（喬納森）停下正在簽名的手，抬起頭來點點頭，卻在聽到下一句話後僵住了。

「同時會出差兩三天，所以我與梅雅會有一段時間不在家。」

主人明明不在家，侍女要去哪裡出差？

喬納森思考了一會兒，但沒特別再說什麼，繼續簽署文件。

「知道了，路上小心。」

既然與小姐有關，在意太多細節也沒意義。

⚜

蘇菲亞外出後並未前往王宮，而是從小門走進位於鄰近街區的某間商店。

她來到事務所接受商會負責人的各項報告。

偽裝用的公開生意、在暗中進行的與遠處的聯繫工作、準備送給小姐的補給物資，以及執行小姐特別提出的請求……沒錯，位於公爵宅邸附近的這間店「黑貓商會」，正是蘇菲亞等人「闇夜黑貓」的據點。

確認完全沒問題後，貨車立刻出發了。

蘇菲亞抵達時，貨車已經做好出發的準備。她與護衛一起坐上載貨架深處。馬車從後院的木門駛出後，商店就變回與平時沒兩樣的景象。

⚜

王宮的門衛工作雖然相當忙碌，但忙亂的情形大致會在中午前結束。畢竟無論是誰，進入宮裡都有事情要處理，因此外來的人通常不會太晚前來造訪。下午到了一定時間後，就幾乎沒有請求入宮的訪客與送貨的貨車了。

這時候，一輛沒什麼特色的小型貨車抵達。

「停車！……呃～這是要送往哪個部署的貨品？」

年長門衛負責應對。坐在駕駛座上，年過四十的男子拿起帽子致意，同時滿臉堆笑地回答詢問前往部署的衛兵：

「你好，我是送『貓食』來的。」

「了解了，通過！」

衛兵遞交通行許可證，同時下達指示，其他衛兵就移開了阻擋通行的路障。車夫也向其他衛兵致意後，將貨車駛入王宮裡。

似乎是第一道門知會過了，貨車暢行無阻地通過後面幾道門。

貨車在抵達地牢前方後迴轉，讓車門朝後方停下。

蘇菲亞走下馬車載貨架，車夫與護衛掀開車篷，迅速地開始卸貨。

這時，有騎士從附近的樹木跑了過來。

騎士來到蘇菲亞面前，立正敬了個禮。

蘇菲亞沉著鎮靜地詢問：

「『狗』呢？」

「這段時間全是由『貓』負責值班，其他人在負責警戒周遭。獄卒今天會在三個小時後才前來巡邏。」

環顧周遭，甚至還有幾名王宮的低階官員聚集過來協助卸貨，蘇菲亞將搬貨的工作交給他們，自己走下地牢。

⚜

蕾切爾已經察覺上面的動靜，先行拆下了掛鎖及纏繞的鎖鏈。現在正靈巧地將手伸到柵欄外，試著從內側開啟牢房本身的門鎖。

「小姐……請用備份鑰匙開門。」

蘇菲亞提出建議，蕾切爾則一臉滿不在乎地回答：

「技巧得偶爾使用，否則技術會生鏽的。」

「要是手上添了奇怪的傷口，您的手法就會被發現。鑰匙孔要是熔掉該怎麼辦？」

「要是能直接滑動這面鐵柵欄，收納到牆邊，不覺得很有意思嗎？」

「這個請下次再說。」

「意思是我還要再被關一次嗎……？」

蘇菲亞推開小姐，用理應只有獄卒手上才有的備份鑰匙開了房門。順帶一提，蕾切爾手上也有一份鑰匙，不過她不會用，這是身為鎖匠的自尊（才怪）。

「生活上有什麼不方便的地方嗎？」

「沒有。從懶骨頭換成床後就睡得很好……小說執筆也進展得很順利。」

「Mouse & Rat 商會提供的樣書也用馬車送來了，請您之後確認……為什麼明明待不到一個月，您就已經寫了十本書？」

「呵呵，因為角色栩栩如生，會自己動起來啊。」

蕾切爾穿過房門，睽違一個月來到地牢外側。

「嗯呼～～！這就是睽違已久的自由空氣！」

「只是隔著一面鐵柵欄，與您之前呼吸到的空氣並沒有差別喔。沒有時間了，請您立刻在這裡坐好。」

蘇菲亞讓蕾切爾坐在獄卒用椅子上，並替她戴上栗色假髮後用梳子梳理。蕾切爾原本就是長髮，只要戴上顏色更深的假髮避免顏色透出，看起來就很自然。同時也整理成適合外出見人的髮型。

「這是王立劇場包廂席的門票，劇目為《乞丐王子(Changeling)》。由於今明兩天少爺都會在家，我在『新綠亭』準備好了附客廳的客房，梅雅在旅館待命，返回地牢時的裝扮會由她負責處理。如果有事要通知宅邸，請透過梅雅向莉莎下達指示。」

已經換好外出服的蕾切爾從鏡子確認自己的髮型，開心地露出笑容。

「我好久沒見到亞歷山德拉了！她跟著外派的父親離開王都後，已經過一年啦……」

「對方也表示非常想見您，聽聽詳細情況。瑪蒂娜小姐則用傳信鴿送了一封信致歉，表示趕不及，無法赴約。」

蘇菲亞一邊回答一邊脫下頭巾與外套。

她灰白色的髮絲已經染成巧克力棕色，並整理成與主人相同的髮型，衣服也換上蕾切爾的家居服。平時會用氣質與服裝矇混過去，但這兩人的身高與體型其實也十分相似。

「衣服只要來這裡再換上就行了，尺寸沒問題嗎？」

「因為無法確認是否有充足時間在牢裡準備。胸口處很鬆，這點真令人氣憤。」

「妳也相當有料了，可不能這麼說喔，不然沙．包小姐會出來作祟。」

「那位小姐還活蹦亂跳的喔。」

車夫前來通知裝卸貨完成了。

蕾切爾穿戴上蘇菲亞的頭巾與外套；蘇菲亞則走進牢房裡確認是否有疏漏。

「……對了，小姐，上次也沒有清理到什麼垃圾，您用餐後是怎麼處理的？」

「嗯？畢竟垃圾擺著不太衛生嘛，我就從窗戶扔向後院，結果似乎有人來抱怨……所以只要扔進外側房間的垃圾桶，獄卒先生就會替我分類回收了。」

前來抱怨的八成是那位極為喜愛後院的大人。

「這樣啊，那真是太好了。」

蘇菲亞決定不再深入追究，結束了這個話題。只要問題能夠解決，她與蕾切爾一樣不會太在意「支微末節」，這對主僕其實還滿像的。

蕾切爾從外側上鎖，蘇菲亞從內側纏上鎖鏈並鎖上掛鎖。只有在這時候，平時總是游刃有餘的蘇菲亞消沉了一會兒又重新振作。

「小姐，真虧您扛得動這個鎖……」

「要是扛不動這種程度的鎖，就無法邊架弩弓邊閒話家常啦。」

能夠將威脅王子一事說成閒話家常的千金小姐，這世界上大概只有她一個人。

蕾切爾也簡單地確認前側房間有沒有遺落的物品。

「我這陣子因為熬夜，作息時間改變，只要妳蓋著棉被，獄卒就不會特地找妳搭話。雖然殿下等人偶爾會過來，要怎麼應對是個問題……『不要緊吧』？」

在牢房裡的蘇菲亞壓著喉嚨幾個部位一邊清喉嚨……

「外表只要上妝就能相當接近，只要降低照明亮度，那些人應該也不會察覺不對勁……畢竟殿下與沙・包小姐都很那個嘛。」

接著以蕾切爾的聲音與口吻回答。

蕾切爾微微一笑表示滿意後，就在車夫的催促下走上階梯。

「那麼，蘇菲亞，後天大概也會在這個時間回來。」

「好的，請您盡情享受睡衣派對。」

「不過話題會是殿下與喬治的事就是了。」

⚜

蕾切爾從地牢走出來後，連眺望睽違一個月不見的整片天空的時間也沒有，就立刻搭上貨車。

在隨即開始喀噠搖晃的馬車裡，蕾切爾手拄著臉頰，瞇細雙眼。

「那麼～～……首先就從手腳開始擰下吧。」

23【侍女應對不請自來的客人】

「那麼，接下來該怎麼辦呢……？」

蘇菲亞蓋著棉被喃喃自語。

蘇菲亞與蕾切爾交換，進入地牢後，昨晚毫不客氣地使用了小姐的床。雖說是暫居處的簡易床鋪，仍是在設計、製造上都能令公爵千金滿意的珍品。

棉被與墊被採用了只要攤開來，在睡覺期間吸附的汗水等水分就會自然揮發的高級羽絨被。

考慮到隱私而附上頂蓋與紗幔，也採用了能輕鬆將地毯背面大面積吸附的地面溼氣揮發，相當適合在地牢裡使用的親切設計。說得明白一些，就是遠比蘇菲亞等人平時使用的高階傭人個人房裡的床來得舒適，保證能讓人睡個好覺。

換言之，這裡想說的是……

侍奉蕾切爾十一年來……

蘇菲亞頭一次賴床了。

雖然想試著說句「嘿嘿」……但說出口後發現還真是愚蠢。

哎，只要沒有什麼事，悠哉地假裝成蕾切爾懶散地打發時間，應該是沒什麼問題。畢竟蕾切爾帶了許多書進來，也才剛補充了茶葉與餅乾。只要小心翼翼地應付少數客人，就是像休假般的兩天期間……理應如此。

原本應該是這樣的。

但沒有想到，艾略特王子等人竟然會在自己賴床熟睡的時候前來。

⚜

與其說是因為艾略特等人造訪而醒來，倒不如說是被他們從熟睡中吵醒……蘇菲亞此刻陷入窮途末路的窘境。

（幸好為防萬一放下了床幔……但先卸了妝才睡這點真是失策……）

蕾切爾與蘇菲亞的身型雖然十分相近，但長相畢竟沒有像到在白天的陽光下還會誤認。

所以蘇菲亞還開發了「乍看之下酷似小姐的自然妝感」……但對方在上妝前就跑來的

話，也就不可能派上用場。

由於不能讓對方直接看到臉，逼得蘇菲亞只好躲在床上，設法在這種情況下將對方趕回去。

隔著床幔看見的男子身影以高傲的口吻開口：

「怎麼，蕾切爾，妳今天的態度特別差啊，連個臉都不露。」

還不是你害的，蠢王子。變成禿頭吧。

蘇菲亞雖然暗自漫罵，但是在大講王子的壞話前還有非做不可的事。

她得設法熬過這種狀況才行。

要是被發現與平時不同，就失去安排替身的意義了。

「強行闖進少女的寢室還好意思抱怨啊，能麻煩您尊貴的頭髮都掉光嗎？」

自己可是從早到晚都跟在小姐身旁，就連展現本性時的說話方式也萬無一失。

蘇菲亞游刃有餘地以惡意與嘲諷的聲調從喉嚨發出蕾切爾的聲音。嗯，很完美。

隔著半透明床幔，另一側看似王子的身影動了動。

「怎……怎麼……妳今天講話還真直接啊。」

從他感到困惑的模樣看來，似乎還是跟小姐有點不同。糟糕，得修正才行。

「我現在心情不好。一早就突然被人吵醒，現在相當氣憤。」

「什麼一早……現在已經可以說是下午了耶。妳到底幾點睡覺的？」

糟了，這次說出了被懷疑自己沒有社會常識的話。

「從我睡著的時間往回推算，現在確實是早上。」

「妳終於以自己作為世界的基準了嗎……？」

這麼講反而讓自己成了把情況變複雜的人，怎麼辦？

床幔另一側的王子？搖了搖頭。

「算了，那種事無關緊要！蕾切爾，妳前陣子竟敢欺騙什麼也不懂的瑪格麗特！」

「……瑪格麗特？」

似乎在哪裡聽過這個名字，但焦急的蘇菲亞無法在腦中將名字跟長相兜在一起。記得是最近在與王子相關的資料中看過的名字……到底是誰？

蘇菲亞下意識地輕聲重複一次，而看似王子的人影似乎聽見了她的聲音，明顯地火大起來。

「妳啊……明明害我跟瑪格麗特遇到那麼悽慘的情況，竟然講得好像心裡沒有半點底？

都是因為被那個腐敗的罐頭直接噴到，瑪格麗特到現在還下不了床喔！連喬治跟我也是躺到昨天才終於能夠下床！竟然讓親弟弟與纖弱的瑪格麗特這麼慘，妳的良心都不會痛嗎？」

那種慘況……腐敗的罐頭……罐頭？……啊！

「啊，沙．包小姐！」

「啊？」

「我想起來了！真是的，殿下，您不說本名的話，我怎麼會知道是誰呢？」

「咦？呃……我不知道什麼沙．包……」

「那不是您女朋友的名字嗎？怎麼可以忘記呢？殿下真是的。」

「女朋友……？……呃，妳是指瑪格麗特嗎？她的本名是瑪格麗特！瑪格麗特．波瓦森！沙．包是什麼東西啊！」

這麼說來的確如此，由於是無關緊要的資訊，害她搞混了。

蘇菲亞試圖與社會的廢物和諧交談，但似乎有什麼地方得罪了對方。人渣王子又更加惱火。

「可惡，妳竟然一而再再而三地……！說起來，蕾切爾，在別人真的發怒的時候，妳竟然還躲在被窩裡不肯露臉，這是什麼意思！還不出來端正坐好！」

「嘖！」

笨蛋王子竟然會說出這種正確言論……話雖如此，蘇菲亞也不可能下床。得設法擋下對方的批評，還得讓對話在讓小姐處於優勢的情況下結束……

「竟然咂嘴？面對一國的王子，妳那是什麼態度！」

「……」

蘇菲亞以沉默回應。這樣比較能導向期望的結果。

「蕾切爾，妳有聽見嗎！我火大了，妳還不快點滾出來！」

不出所料，王子激動地一再下令……不過因為氣急敗壞而搖晃鐵柵欄就有點莫名其妙了。以前聽小姐說過，他的行為舉止還真像隻猴子。

蘇菲亞摟著棉被坐起身。從對側應該只看得出蘇菲亞將身體藏在棉被裡吧。

「……殿下。」

「什麼事？」

「您真是不了解女人心呢……」

「……你說什麼？」

蘇菲亞刻意地嘆了口氣，故弄玄虛般這麼說完，艾略特雖憤怒卻有些在意似的……就這樣稍微冷靜下來。

這時只要再模仿小姐……下點甜美的毒。

「就是因為殿下待在那裡，我才沒辦法下床啊……畢竟我睡覺時什麼也沒穿呢……」

「！」

艾略特……不，整個牢房前側都大為震撼。從牢房前側的嘈雜聲判斷，王子的馬屁精們似乎也在他身後如空氣一般待命。

「殿……殿下……？」

「別……別驚慌失措！這……這或許是蕾切爾的計謀……」

雖然計謀這點猜中了……但很遺憾，她並不是小姐。

艾略特清了清喉嚨，莫名拘謹地以嚴肅的口吻確認。

「哈哈哈！蕾切爾，在下不會上當的，不可能有這種事，對吧？」

殿下，您雖然佯裝平靜，但其實內心動搖得連第一人稱都變嘍。

所以，她又追加投下新的震撼彈。

「哎呀，殿下，您不知道嗎？這是我國的貴族女性普遍的習慣喔。」

「！」

艾略特與愉快的夥伴再也無法掩飾自己的恐慌。

「殿殿殿殿殿殿下！也也也也就是說，那個女孩還有這個女孩全部都都都都……？」

「等等等等等等一下，冷冷冷冷冷冷靜下來來來來來來來！」

「可……可是！可是我們既然知道了這種極機密情報……就……就再也無法在宮廷裡抬起頭來了！」

「不，等等，冷靜下來！我們又沒有做什麼虧心事，以平常心看待！平常心，平常心喔，ＯＫ？聽好了，即使看見眼前的千金小姐也千萬不能暗自想像喔！聽見沒？」

這些傢伙出乎意料地沒有想像中會玩啊——他們過度純真的反應令蘇菲亞這麼想，同時給予最後一擊。

「哎呀，殿下，您不相信嗎？」

「咦？不，我並沒有那麼說！」

「如果您無法相信我說的話，就試著向『瑪格麗特』小姐『確認』如何？」

蘇菲亞一說完，無聲的暴風就呼嘯而起。

他們被話語中的性感形象刮飛，不由得在腦中開始想像的人被其他人揍了一拳，但就連揍人的人也跟著聯想起來……愚蠢戰隊艾略特們只因一句話就在空中解體，受到無法遏止的妄想所苦而兀自陷入無法戰鬥的狀態。

蘇菲亞在確認他們已經遭自身的妄想力擊垮，陷入恍惚狀態後，柔聲催促艾略特。

「呃，殿下？在聽您說話之前，我想先穿上衣服……」

「啊？啊，哦，我知道了！嗯，我們馬上出去，等妳穿好後再叫我們！」

王子殿下嘴上雖然說著問心無愧，但光是想像似乎就令他感到內疚。

他就像壞掉的搖頭娃娃般用力搖頭，將身後的馬屁精都趕出去後，自己也跟著離開。

「不能從換氣窗偷看喔～～」

「我知道！我知道啦！」

待啪噠啪噠地跑上石階的腳步聲消失後，蘇菲亞這才鬆了一口氣。

「啊～～真是緊張……幸好沒有被揭穿。」

蘇菲亞當然是穿著睡衣睡覺，畢竟她是傭人嘛。

而且自己已經無數次在早上協助小姐更衣，她從來沒有一絲不掛地入睡喔——蘇菲亞在內心這麼說著。

嗯，我國的貴族社會本身也沒有那種習慣。

既然王子等人特地為了等她更衣而離開……蘇菲亞又睡起了回籠覺。

她當然絲毫沒有把艾略特們叫回來的打算。

⚜

翌日回到牢房的蕾切爾看起來相當開心，臉色十分滋潤。
「幸好訂了旅館才能徹夜閒聊累積至今的話題。要是待在家裡就會被瑪莎扔上床了。」
「那真是太好了。」
「我們在路邊攤買了串燒，又用客房服務叫了麥酒來乾杯。這還是我頭一次品嚐這樣的晚餐……真是開心。」
「兩位身為貴族女性，這樣好嗎？」
由於今天不需要搬進物資，蕾切爾與蘇菲亞就以情報交流為名開著茶會。當然因為有請其他人協助警戒，會盡快結束就是。
「不過啊，蘇菲亞，妳難道就不能再處理得妥善一些嗎？」
「是這樣嗎？但我沒有與王子吵起來，順利地讓他安靜地撤退啦。」
「話雖如此……但這麼一來，不就會讓殿下等人誤以為我睡覺時不穿衣服了嗎？要是他告訴別人，就會成了小小的醜聞耶。」
「啊，關於這點……」
蘇菲亞拿著茶壺，以不似平時的開朗笑容回答：

「反正傳出醜聞的人並不是我，所以我認為無妨。」

「妳那一視同仁同樣冷淡的個性，我並不討厭呢。」

* * *

「啊～……睽違許久的外宿與逛街都令人十分開心……」

蕾切爾將微微變溫的茶一口氣喝乾，心滿意足地倒在可調式座椅上大大地伸了個懶腰。

「但果然還是能夠放鬆休息的自己家（地牢）最棒了！」

「……小姐，您是認真的嗎？」

24【即使如此侍女依然忙碌】

佛格森公爵家長女蕾切爾的侍女蘇菲亞，即使主人不在也依然忙碌。就算不需要照顧蕾切爾的日常起居，該做的事還是要多少有多少。

這指的當然不是打掃房間等家務。

打掃的機密性並不高，可以交給女僕去做；洗衣則有專門的部門負責，主人不在時，侍女非做不可的工作並沒有那麼多。

換言之，理應完全沒有一般的工作，蘇菲亞卻無時無刻不在忙碌。對於蕾切爾的貼身侍女在小姐不在家的現在仍忙碌奔走，宅邸裡其他部門的人也感到不可思議。

「哎，看在負責其他工作的人眼裡，想必覺得很不可思議吧。甚至連洗衣室的赫蓮娜都來問我『為什麼有這麼多工作要忙？』呢。」

莉莎這麼說，蘇菲亞也點點頭。

「也是……畢竟一般來說，難以想像貴族家的侍女會需要查看貿易公司的帳簿啊。」

蘇菲亞與莉莎正在確認黑貓商會上個月的收支。並非懷疑下屬營私舞弊，只是單純確認每月帳簿是否有登載錯誤的通常業務（例行公事）。

沒錯，待在蕾切爾的身邊，就等於會直接得知蕾切爾的祕密。即使主人不在，蘇菲亞等蕾切爾的貼身侍女仍為了處理「闇夜黑貓」的業務而十分忙碌。

⚜

就在兩人瞪著堆積如山的文件時，米摩莎與梅雅走了進來。

「接到了一份好消息與一份壞消息，妳們想先聽哪一個？」

聽了米摩莎的話，蘇菲亞與莉莎面面相覷，一臉疲憊的莉莎催促她：

「反正都是一體兩面，一起說吧。」

「莉莎真是無聊……好消息是來自澤諾亞王國的貨物裡送了四箱泥膜過來。」

除了沒什麼情緒起伏的蘇菲亞，其他人都一起高呼萬歲。

澤諾亞的泥膜對護膚有絕佳效果，在這個國家也大受好評，但因為是從國外特地運送過來，一般來說一瓶就需要花費數枚金幣。

其實這是只有貴族或富商……有相當財力的家庭才買得起的商品，但蕾切爾會用來當作給部下的慰勞品，只需支付成本費用就可索取。而且由於是趁著定期班次的馬車有空間時才

載運，幾乎能以產地的進貨價格買到。

便宜提供商品是蕾切爾掌握人心的技術之一。女性員工可以獲得這類昂貴保養品，男性員工則是罕見的外國產美酒。人類只靠嚴加管束是無法讓其為自己工作的。

順帶一提，他們在邊境關卡也有靠山，像這類慰勞品可以不需申報就運進來……以一般世人的說法，這叫作走私。

畢竟是年輕女性，自己當然也想使用；如果只是取得所有權並委託黑貓商會販售，還能替自己以高價售出，也就是作為外國伴手禮形式的津貼，眾人自然會感到開心。

在浮躁的氣氛中，米摩莎又追加了一句話：

「而壞消息就是隨著這份貨物抵達，待整理的國外情報也大幅追加了……加油吧……」

這次包括蘇菲亞在內的眾人全都沮喪地垂下頭。

⚜

黑貓商會是間位於王都小巷中規模中等的商店。乍看之下生意並不興隆，不過因為售有多款高級國外製品，客群有許多貴族或城裡的上流階層。

由於主要業務是靠直接前往顧客家中推銷，平時不太會有客人上門，所以刻意沒在大道上設置店面。即使如此，知道的人就是知道，可說是專門接待貴客，門檻很高的店家——這是知道黑貓商會的人所做的評價。

不過，若是由蘇菲亞等內部人士來說……

社會的評價雖然不是謊言，但也並非全貌。

對隱瞞蕾切爾為出資者（贊助商）而開設的這間貿易公司而言，交易昂貴商品只不過是本業技術。

他們以表面上的生意賺取業務資金，同時在國外分店收集外國情報，與商品一起送往蕾切爾身邊；在王都內則堂而皇之地進入掌權者的宅邸，獲取內部情資，並從內側掌握對公爵家或王室有益的資訊。

他們理所當然地優先滲透與佛格森公爵家或蕾切爾個人敵對的勢力，因此只要蕾切爾吩咐調查，從艾略特王子的晚餐菜色到瑪格麗特小姐梳妝檯上的化妝品配置，都是輕而易舉的事情。

不過因為很蠢，她從未下過這種指示就是了。

集中管理黑貓商會或公爵家中直屬蕾切爾的士兵、王宮與掌權者家中被蕾切爾籠絡的家臣等人的工作，就是蘇菲亞負責的職務，因此她會忙碌也是正常的。

整理送到眼前的表裡雙方的情資、代替不在的蕾切爾審核文件……無論有幾具身體都不夠用。

蘇菲亞喝著梅雅替自己沖的茶，呼地嘆了口氣。

「搞不好我就算要求三人份的薪水也不會遭受報應……」

「至少我們的工作可不是只有女僕的職務啊……」

一起工作的女僕也都一臉倦容地頷首。

蘇菲亞負責總管事務。

梅雅負責掌握國內政界。

莉莎負責掌握國內經濟。

米摩莎負責掌握國外情勢。

海蒂負責斡旋王宮活動。

這五人加上負責前線的黑貓商會會長坎貝爾、黑社會領袖沃塔斯、三名分別在王宮裡負責騎士團、官員、朝臣的匿名人物，這十個人就是「闇夜黑貓」的幹部。

這十人分別主導各自負責的領域，並通力合作推動組織。包括不清楚指揮系統的基層人員，「闇夜黑貓」的成員共有幾百人。

「位於頂點的人物有一半是擔任女僕的年輕女孩，這樣好嗎？」

「這些年輕女孩在小姐的吩咐下工作，不知不覺就毫無疑問或不甘願地整理起機密情報來啦。」

「說起來，底下的人甚至不知道我們的存在吧。沃塔斯的部下似乎還有人誤以為我們其實是犯罪結社不是嗎？」

「沃塔斯起初也瞧不起人地找上門來，結果被小姐帶到隔壁房間五分鐘後就乖得像隻小貓一樣回來……」

「是被小姐那難以澈底掩飾的瘋狂罪犯氣息震懾了嗎……」

「妳要是被小姐吐槽，我可不會袒護妳喔。」

⚜

在統計工作告一段落後，蘇菲亞向喬納森打過招呼，帶著莉莎外出。雨過天晴的街道潮溼，不會揚起塵埃，最適合外出散步。

「這麼恰好的情境，如果是一般女僕，一定會因為鮮少的外出機會而感到高興呢。」

「是啊……不過我因為常替小姐辦事，『一天到晚』外出，『無論是什麼情況』都完全不會有特殊的感覺……」

「說得也是，像這樣把深夜的小徑視為散步道的等級，對女孩子而言等於是宣告青春結束了呢……」

兩人帶著剛出爐的定期報告造訪黑貓商會。

她們暢行無阻地進入會長室。裡頭有個體態文雅的老人正在辦公桌前忙於分類文件；還有一個狂妄地靠坐在會客桌椅上吞雲吐霧，長相凶惡的中年男子。

走進房裡的蘇菲亞經過沙發旁的時候不著痕跡地以腳尖勾住沙發的椅腳，往上一踢，中年男子（沃塔斯）就連著椅子一同翻了過去。

「沃塔斯，我說過在我過來時不准抽菸吧。」

「大姊，突然這麼做也太粗暴了吧！」

無論怎麼看都已年屆四十，相貌凶惡的男人與被他稱作大姊的十幾歲少女（蘇菲亞）——完全沒人對此感到不協調，原本待在桌旁的黑貓商會會長與莉莎都就座了。今天的目的是送文件過來，順便開「闇夜黑貓」的幹部會議。

「怎麼了，沃塔斯，還不快點起來？」

「你也替我擔心一下啊，老頭。」

大略瀏覽過兩人交出的報告後，蘇菲亞將那份資料與自己一行人帶來的資料一起裝進信封裡，交給莉莎。

「那麼，今天會由莉莎負責潛入，坎貝爾先生，就拜託你了。」

「明白，馬車已經準備好了。」

送給蕾切爾的補給物資或報告會由黑貓商會旗下負責食品的公司馬車搬運，混進每天要交貨的商品裡送進王宮。

當然有一半是偽裝，實際上是由黑貓商會直接派出的馬車。這時候其實完全沒有送往廚房的貨物，全都是送給蕾切爾的物品，有時蕾切爾的部下（女僕）也會像今天一樣同乘在馬車裡。

王宮裡的人，尤其是門衛、負責警備的騎士、艾略特王子身邊的人等等，都混入了一定數量的部下。黑貓商會的馬車只會由自己人敷衍了事地檢查，並一再將各式各樣的物資運進宮裡。

「既然莉莎小姐特地前往，代表有什麼重大動向嗎？」

坎貝爾一問，蘇菲亞就遞出另一紙新文件。

「是要去商討這件事……喔？」

坎貝爾與沃塔斯頭抵著頭一同確認……接著左右游移的視線飄向下方，各自嘆了口氣。

「這真是……」

「還是一樣瘋狂……竟然想在地牢裡辦這個啊？」

或許是早已考慮到這樣的反應，蘇菲亞態度淡漠地遞出清單開始說明。

「坎貝爾先生，因此想請你準備這些物品。」

「我明白了……但相關人士該如何安排？我們是能負責設置啦……」

「關於這點，會以公爵家的頭銜與小姐的名義邀請，因為這樣對方應該比較願意來。」

能擅自搬出蕾切爾的名字，也是基於她對蘇菲亞的信賴。

「那麼，我則是……負責邀請這些人嗎？」

沃塔斯也愁眉苦臉地看著由自己負責的清單。蘇菲亞交給他，希望他去物色的人物清單，每一位都是一流人物……可不是靠小錢就能找來的對象。

「多花些時間思考後，設法去說服對方。」

「別說得那麼簡單啊，大姊。這些人個個都是各業界的大人物，全是可以不用敬語跟我交談的人耶。」

「這一點我也考慮過了，如果是覺得難以說服的人，你先預約好會面後聯絡我。」

面對沃塔斯一臉的不情願，蘇菲亞主動表示自己有說服目標的手段。

反正八成是貴族傭人不切實際的提議吧？沃塔斯一臉難以置信地催促她說下去。

「怎麼，大姊，妳打算奉上堆積如山的千兩黃金嗎？」

「不，是事成之後，小姐會向對方低頭致謝。」

「什麼！」

在各自領域都是老江湖的強者坎貝爾與沃塔斯吃驚地僵住了。

這也難怪。

畢竟公爵家的地位在國內只僅次於國王、王族，而公爵家的千金竟然要為了請求雖有名聲，地位卻接近流浪漢的人而低頭。考慮到身分差距與貴族的榮譽感，一般來說就算天地逆轉也不可能發生。

而她要這麼做。如果做到這種地步，接受委託的對象的確也會被打動吧。即使如此……

「認真的嗎……？」

「非常認真喔。小姐並不是在這種時候會刻意擺架子的人。」

「或許是這樣沒錯啦……話雖如此，妳已經獲得許可了嗎？」

沃塔斯這麼詢問，蘇菲亞就以甚至感覺爽朗的語調雲淡風輕地回答：

「所以莉莎現在正是要去獲得許可啊。」

「咦？我嗎？」

這種甚至連聯絡人都未曾聽說的誇張無計畫感，令沃塔斯與坎貝爾的下巴都掉了下來。

「……妳啊……萬一擅自做了約定，結果首領不願意該怎麼辦……」

沃塔斯好不容易才擠出疑問，蘇菲亞則泰然自若地回應：

「既然約好了，當然會請她實行嘍。如果小姐有什麼怨言，我就算踩著她的頭也會讓她下跪磕頭。」

「！」

蘇菲亞之外的三個人再度僵住。

「……她這與小姐之間的距離感，旁人實在是模仿不來啊……」

「……該怎麼說呢，與其說是兒時玩伴，更像是喝同樣的奶長大的吧？」

「……話雖如此，一般來說還是會稍微客氣一點吧？」

三人再度銘記於心。

在「闇夜黑貓」中，可怕的不只有蕾切爾一人。

⚜

目送馬車離開，走出黑貓商會後，剩下獨自一人的蘇菲亞大大地伸了懶腰，邁出步伐。

「哎呀呀……今天也很努力工作啊。」

今天已經沒有工作要處理了，不過到了明天又將面對忙碌的早晨吧。

蘇菲亞在十字路口暫時停下腳步，正要往宅邸的方向邁出腳步……又輕輕把腳放下。

「……要是直接回去宅邸後發現工作又累積起來就討厭了。」

畢竟自己的部下大多是鬼靈精，難保不會留下尚未審核的文件，說是蘇菲亞的工作。

蘇菲亞往右轉過身，轉往與十字路口相反的方向。前方有間她最近很喜歡的店家，可以品嚐到鬆軟的戚風蛋糕與香味四溢的茶。

「今天已經做了十二分的努力，稍微喝杯茶休息也不為過吧。」

蘇菲亞也是不遜於部下的鬼靈精，她打算拿喝茶的帳單去報公帳。

⚜

「啊，糟了！」

正在擦拭花瓶的女僕突然發出奇怪的叫聲，讓一旁踮著腳擦拭牆上畫框塵埃的同事差點跌倒。

「狄奧多拉，妳怎麼了？」

「莉莎小姐出門了，但我忘記將信交給她了！」

「信？給小姐的？」

蕾切爾雖是對家臣相當親切的人，不過一介女僕會以個人名義寫信給身在地牢的蕾切爾還是相當罕見。

「為什麼要特地寫信？是為了請假嗎？」

「不是，是更重要的事情！」

名叫狄奧多拉，戴著眼鏡的女僕握拳極力主張：

「我希望她在下一集能夠實現賽克斯下剋上的發展，所以洋洋灑灑寫了一封列舉相關構想的粉絲信！啊，明明希望她能從信中讀取到我的一片痴心……」

看見同事小聲喊著：「失敗了！」還一邊將抹布揉得亂七八糟的模樣，拿著雞毛撢子的女僕垂下肩膀。

「妳啊，怎麼能這麼沉迷於小姐為了打發時間所寫的小說？而且那個內容……妳的興趣還真腐……」

「妳在說什麼啊！女生全都很腐啊！」

「別把我跟妳相提並論！」

兩名女僕就這樣一直拌嘴到女僕長碰巧路過為止。

25【千金小姐接待客人】

身為王子，艾略特每天都有忙不完的工作或活動安排。這陣子文書與視察工作遽增，極為忙碌的每一天令他忘了那令人火大的地牢的事。

而艾略特在喝杯茶休息時偶然看向窗外……發現的情況，強制他不得不回想起那令人憤怒的傢伙。

煙霧裊裊升空。

那無論怎麼看，都是從過於熟悉的建築物周遭升起的。

「啊，今天天氣真好……」

「殿下，您看見了嗎？好像有煙霧升起。」

「偶爾帶著瑪格麗特去遠處的山丘走走，或許也不錯。」

「那應該是地牢周遭吧？怎麼回事，是在燒柴薪嗎……」

「仔細想想，最近總是忙於工作，身體都變鈍了，這樣不行啊。」

「咦？這是烤肉的氣味……喂喂喂，還真是勾起人的食欲啊。」

「好～～今天就去郊外吧！等瑪格麗特一來就立刻出發，命馬廄準備好馬匹！」

「殿下，您有聽見嗎？蕾切爾小姐好像又做了什麼事喔。」

「賽克斯，你沒發現殿下是故意裝作沒看到的嗎……」

⚜

艾略特半懷著義務感心不甘情不願地前往地牢。當他抵達時，看見地牢入口有兩個年輕男人正在整理ＢＢＱ爐，從服裝看來應該是見習廚師。

艾略特無視於兩人，直接走向牢裡。

「咦？殿下，不盤問他們嗎？」

賽克斯吃驚地悄聲提醒艾略特，他則一臉不悅地搖搖頭。

「那怎麼看都只是基層員工，如果有什麼狀況，重點會在地下室。而且反正原因一定在樓下。」

「畢竟姊姊無法離開牢房嘛。」

艾略特與喬治相視頷首，即使如此，賽克斯仍難以接受地不肯罷休。

「可是，殿下。」

「怎麼，還有什麼事嗎？」

「如果不把蕾切爾小姐的事擺在一旁，先去阻止他們收拾，他們就會在烤我們的份之前先回去嘍。」

「你的優先順序是食物嗎？是食物吧！」

在地牢前側房間，體態文雅的廚師正在向鐵柵欄裡說明菜色。

「這是今天的主菜，『三分熟烤牛菲力　監獄風格』，為了讓牛排看起來美味，我平時會用鐵板煎烤，但為了模仿鐵柵欄的形象，今天特地使用了烤網。雖然無法使用肉汁製作醬汁，但由於是以炭火直接燒烤，因此完成了帶有燻烤香味，充滿田園風格的一道料理。」

蕾切爾切了一塊送進嘴裡，發出興奮的聲音。

「真好吃！這醬汁與之前在店裡享用過的截然不同呢。」

「是的。我這次是以美麗的佛格森小姐為形象概念，煮融了黑巧克力作為醬汁基底。」

「哎呀，你真厲害！」

聽著客人與廚師和樂融融地互相闡述著對牛排的感想，艾略特向他們開口道：

「差不多也可以聽聽我們說的話了吧？」

咦？有何貴幹？艾略特已經對像在這麼說著的吃驚表情見怪不怪了。他與侍從交換了眼色後，喬治輕輕點頭走上前去。

喬治態度高傲地俯視著姊姊，指著蕾切爾面前的盤子詢問：

「姊姊，關於那道菜……妳是怎麼把盤子端進牢房裡的？」

「該問的問題不是那個吧？」

廚師行了個禮。

「我是請她協助端著先拿進去的盤子，再用夾子將肉放進去，在牢房裡完成擺盤。」

「啊，原來有這招啊！」

「就說了那種事無關緊要！」

艾略特把喬治推開後大喊：

「蕾切爾，我說過不准叫外送吧！」

蕾切爾嚥下嘴裡的食物，坦率地點頭。

「是，我有照做喔。」

「是嗎？那麼這是怎麼回事？」

蕾切爾看向手邊的盤子。

「哎呀，殿下，這不是外送喔。」

「哦？那麼這叫什麼？」

蕾切爾以天真無邪的笑容回答：

「這是外燴。」

「還不是一樣！混帳傢伙！」

艾略特眼球充血地環顧周遭。

「是說雖然每次都這樣，但獄卒到底在幹什麼！」

他說到這裡，正好與坐在自己座位上的獄卒四目相交。

在他面前也擺著同樣的料理，而本人的嘴裡塞滿了肉。

他與王子視線相對後連忙把肉嚥下，豎起拇指露出燦爛笑容。

「不要緊！裡面沒有放奇怪的東西！我已經確實試過毒了！」

「你這不是叫試毒，是叫試菜吧！這傢伙的料理裡放了什麼東西都無所謂！竟然被區區一片肉給收買……！」

「不，殿下，我才不是靠一兩片肉就能收買的男人。我可是從套餐的第一道菜就開始享用了。」

當艾略特正在猶豫是否要親手宰了獄卒時，蕾切爾已經品嚐完牛排，將叉子放下。

「殿下，我並不只是單純地叫外送……外燴喔。」

「妳剛才講出外送了吧？」

「這次是因為佛格森家要舉辦派對，我才會負責試吃屆時將送上的料理。」

艾略特的合理指摘完全遭到無視。

「明明有我在，不需要由牢裡的姊姊試吃吧……」

喬治的悲嘆也遭到無視。

這是因為艾略特在聽見蕾切爾的回答後緊接著爆笑出聲，蓋過了他的話語。

「由妳來試吃派對上的料理？妳自己明明無法出席？怎麼，是想至少出現在贊助標語上嗎？還是說打算奉上一篇致意文，從遠方祈禱派對成功？」

即使蕾切爾神通廣大，再怎麼說也不可能在家裡舉辦的派對上現身。

努力為自己無法出席的派對預先做準備的模樣實在滑稽。蕾切爾自己明白這種情況有多愚蠢嗎？

由於久違地為與蕾切爾相關的事感到痛快，令艾略特放聲大笑，久久不能停止。

而蕾切爾看著洋洋得意的艾略特，回想起隱藏在盤子底下的通訊內容，也露出微笑。

看見您似乎十分中意這份巧思，我也很高興喔，殿下。

您當然也願意出席吧？

⚜

瑪格麗特盛裝打扮的可愛模樣，令以艾略特為首，她的奉承者全都笑容滿面。

「太美了，瑪格麗特，簡直就是花之妖精。」

「哎呀，殿下真是的！」

她難為情地瞪人的模樣也非常惹人憐愛。

與其說是已經定型的成熟美貌，倒不如說是散發著還在成長時瞬間令人驚豔的危險魅力。她那仍殘留些許稚氣的美麗，令人覺得露肩晚禮服甚至過於華麗……不過這種不協調感反而絕妙！

既然這麼適合，自己送這件禮服也就值得了——正當艾略特暗自竊喜時，波蘭斯基也帶著鬆懈的笑容（簡而言之就是相同的表情）來到身旁。

「殿下，瑪格麗特小姐真是太美了。」

「是啊，瑪格麗特非常可愛。」

「是的，沒錯。尤其是選擇了無肩帶束腰型的禮服，真是幹得好啊。」

「很棒吧？我在陪她試穿時雖然也很煩惱，但覺得挑選刻意減少蕾絲滾邊與緞帶的成熟簡單設計應該也不錯。」

自己的選擇受到誇獎，令艾略特洋洋得意，波蘭斯基又為了加分更進一步極力稱讚。

「是啊，為了避免滑落而緊束的上半身強調了小巧的胸部，真是太棒了！」

「……你的觀點還真是獨特啊。」

「是這樣嗎？我覺得很普通啊～～……身為王國平胸主義協會會長，我想頒發年度平胸冠軍給瑪格麗特小姐！」

這傢伙講的話有哪裡怪怪的。

「……我想她應該不至於那麼沒料吧。」

「啊，殿下，像您這樣的人物在說什麼呢？所謂的平胸就是雖然只有一點點但絕對不能強調！並不是換成斷崖絕壁或洗衣板就比較好！殿下，若是無法理解這樣微妙的線條，就只是二流的平胸主義者喔！」

「不，我總覺得成為一流的話，似乎有什麼會宣告結束……」

艾略特看著激動地鼻孔噴氣的波蘭斯基，開口：

「你的家族姓氏明明是波音司機……」

「殿下，是波蘭斯基。」

瑪格麗特十分滿意作為新禮物的禮服，最後擺了個招牌姿勢後跑向艾略特身邊。

「艾略特殿下，真的非常感謝您！」

「這點小禮物算不了什麼，瑪格麗特。能讓妳打扮得這麼美麗，我也很開心。」

心上人摟著自己，讓艾略特不由得露出好色的表情。

……但這樣的幸福感瞬間就被一句話擊潰了。

「好～～！這麼一來，我就能去向蕾切爾小姐炫耀了！我要告訴她『艾略特殿下對我非常溫柔』！」

「……瑪格麗特，用不著特地去現給那傢伙看吧……」

艾略特對瑪格麗特的計畫表示否定意見後，得到了衝擊性的回答。

「不過艾略特殿下，難得蕾切爾小姐要舉辦派對，我當然想穿著這件禮服出席，讓她明白受艾略特殿下喜愛的主角是誰啊！」

⚜

『我在進宮時順道經過，看見盛裝打扮的訪客接二連三走進地牢裡。』

接到瑪格麗特告知的情報，艾略特等人連忙趕往現場。

「可惡！我應該在白天就要發現的……」

「就是說啊……畢竟蕾切爾小姐一旦做出奇怪的舉動，殿下不可能不受害。」

「你那是什麼判斷標準？」

地牢入口的門是敞開的，從中透出令人目眩的燈光與愉快的嘈雜聲響，甚至透到後院。

「可惡！有哪個笨蛋會在地牢裡開派對啊……！」

「因為她是蕾切爾小姐啊。」

「畢竟是姊姊啊……」

眾人衝下階梯，映入眼簾的是……

將室內照得如白晝般明亮，橫幅的水晶吊燈。

以晚宴來說較為輕鬆，但仍相當程度盛裝打扮的紳士淑女。

室內擺設了好幾張理應不存在的桌子，服務生陸續擺上料理。

而獄卒則穿著平時的微髒制服並打上領結，在角落協助從酒桶裡裝葡萄酒。

……獄卒。

「喂，你啊！」

「啊，是殿下啊。」

「『是殿下啊』個頭！你在搞什麼！」

「我擔任侍酒師。我試喝過了，不管是紅酒還是白酒都非常好喝喔。也有粉紅葡萄酒，只有這款是瓶裝的，而且只有一箱，如果不趕快喝就沒有嘍。」

「我不是問這個！你的工作明明是管理地牢！為什麼不在這些人進來前阻止他們！」

「呃，可是啊……」

獄卒這麼說著，環顧周遭……

「這麼多大人物一群一群地抵達，您認為我擋得了嗎？」

「這就是你的工作，只要把他們趕走就行了吧！」

「不過他們說自己有收到邀請函，就這樣硬闖進來……而且還有許多語言不通，只會講幾個字的外國人。」

「什麼！」

艾略特推開身分相當高貴的人群，抵達看似愉快地談笑著的蕾切爾身邊。

「喂，蕾切爾！這陣騷動是怎麼回事？」

「啊，殿下，您好。」

蕾切爾同樣也盛裝打扮。她身穿藏青色晚禮服，含蓄地只戴上珍珠裝飾品。那是與入獄時不同的禮服。

她不可能打從一開始就在牢房裡準備好這些服飾，絕對是中途弄進來的。

艾略特以似乎能殺人的視線瞪著蕾切爾，她則以與朋友普通交談般的沉穩口吻回答：

「仔細想想，我還沒辦過喬遷派對呢。」

「喬遷派對？」

「不過，畢竟我現在處於這種情況。」

「原來妳還記得這件事啊……」

「我認為並不適合在殿下跟前邀請一般的貴族或政治家……因此今天的賓客，我很自制地限縮範圍，只邀請相交甚篤的各國大使、聖職人員或商界人士。」

「這種半吊子的顧忌是怎麼搞的？」

艾略特環顧一周，發現雖然有認識的人物，但的確盡是些外國人，也有許多穿著正式服裝的聖職人員；雖然也有些穿著普通晚禮服，說著王國語的人，但因為完全沒見過，八成是商人吧。既然與公爵家有交情，想必全是相當等級的富商，而喬治似乎認識那些人物，臉色變得相當驚人。

艾略特拚命壓抑著吶喊出聲的衝動。而蕾切爾則無視於他，陸續接受賓客致意，並狀似親密地相談甚歡。雖然她獨自待在鐵柵欄另一側，卻沒有任何人在意。倒不如說，反倒是艾略特一行人有種身處地平線另一端的疏遠感。

「該死的蕾切爾……！」

外國人、金融界與宗教界——換言之，現在在場的盡是些單靠王子的權力無法控制的人物，也難怪獄卒無法阻擋了。

那些人看了目前的情況，究竟會偏袒蕾切爾還是艾略特，這點不言可喻。對方（蕾切爾）利用派對漂亮地表達立場，自己若是採取墨守成規的應對方式只會造成反效果。

艾略特咬牙切齒到幾乎發出聲響，而在他面前，蕾切爾正與一名長著濃密白鬍子的老頭子開心地聊著某些聽不懂的話題，並愉快地乾杯。

「坐牢讚啦～～！」

「讚啦～～！」

兩人興奮地大喊，艾略特不由得開口反駁：

「喂！坐牢哪裡開心了啊，可惡！」

「等等！不行，殿下，請忍住！那位大人是樞機主教，不能找他吵架啊！」

喬治拚命拉扯加以阻止，艾略特只得吞下悔恨的眼淚撤退。

「可惡，就不能設法告訴這些人蕾切爾有多邪惡嗎……」

「只能日後分別派人前往說明情況了……不過人數眾多，記得住賓客有哪些人嗎……」

在氣氛熱烈的派對會場一隅，艾略特與喬治躲在酒桶旁悄聲交談著。

這時，瑪格麗特「哼」地鼻子噴氣，站起身來。

「艾略特殿下，由我去向大家說明！」

「瑪格麗特？」

「這樣很奇怪啊！艾略特殿下明明是正義的一方，竟然被邪惡的蕾切爾小姐愚弄！」

「愚弄……」

話雖沒錯，但被瑪格麗特這麼一說……

艾略特變得沮喪，喬治連忙安慰他。在這時候，瑪格麗特跨著大步站到角落的箱子上。

「各位～請聽我說！」

瑪格麗特那在派對中顯得不合時宜的呼喊聲，令來賓想說「怎麼回事？」而將目光集中在她身上。

「各位，我不知道蕾切爾小姐對您們說了些什麼，但真正邪惡的人是她才對！艾略特殿下是為了幫助我，才斗膽將未婚妻蕾切爾小姐定罪並關進監獄的！別被她欺騙了！」

會場一瞬間安靜下來。

在鴉雀無聲的會場裡，瑪格麗特站在箱子上驕傲地挺起平坦的胸部。

聲音在幾秒鐘後恢復。

以艾略特不樂見的方式。

「哇哈哈哈哈！」

「It's a nice joke！」

「坐牢讚啦～！」

酒過幾巡，賓客只認為是某種餘興節目，紛紛拍手喝采，而瑪格麗特搞不清楚情況地轉圈向周遭鞠躬的模樣，使得內容更加沒說服力。

最後，瑪格麗特甚至被捲入騷動中開始一起乾杯。

「坐牢讚啦～！」

「讚啦～！」

瑪格麗特將盤中的料理堆得像山一樣高，眼神閃亮地回來。

「艾略特殿下，我成功嘍！」

「哦，是啊……」

艾略特不敢告訴她其實完全無效，只能兀自消沉；而瑪格麗特則將美食塞滿兩頰，並感到不可思議地看著他。

⚜

這時，喬治突然發現。

「咦？賽克斯呢？他不是也一起來了嗎？」

獄卒一邊倒著新的酒，一邊指向會場正中央。

「騎士小哥從一開始就非常享受派對嘍。」

賽克斯大啖著白天沒能吃到的料理與美酒，情緒高亢地與不認識的大叔熱切交談著。

「真棒，不曉得能不能每天舉辦呢。」

「哇哈哈哈哈，我也覺得（Me too）！」

「我也覺得！」

賽克斯與鄰國大使乾杯。

「坐牢讚啦～～！」

26【千金小姐疼愛弟弟】

現在是透入的陽光最為明亮，悠閒的午後時光。隔著鐵柵欄，內外側分別擺了一張小桌子，兩名千金小姐如同照鏡子一般，坐在那裡享用著午茶。

「喬遷派對非常成功喔，亞歷山德拉。感謝妳協助事前作業，真是幫了我大忙。」

與開心的蕾切爾面對面坐著的人物，是個有著微波浪捲金髮與翡翠般澄澈的綠色眼眸，令人印象深刻的少女。蕾切爾的謝詞令她揚起嘴角，回以滲出驚人氣勢的微笑。

亞歷山德拉・蒙巴頓侯爵千金。她是蕾切爾可以展現本性的朋友，是擁有家人般交情的特別夥伴。

與乍看之下不起眼但外貌清秀的蕾切爾相比，亞歷山德拉不僅鮮明搶眼，也擁有散發著自信的美麗容貌。倘若她身穿的並非禮服而是褲裝，再戴上佩劍，就會令人想稱呼她一聲大姊頭了……就是如此與蕾切爾類型截然不同的美女。

「外交方面的事就交給我吧，蕾切爾。畢竟我能做的就只有這些而已。」

託父親擔任高級外交官員的福，亞歷山德拉在外國大使館高層的人面很廣。喬遷派對會有許多外國大使參加，以及在那之後王子的醜聞並未擴散，也都是多虧她在暗地裡疏通。

「不過打擊殿下感覺也很有趣呢，早知道有這麼有意思的事，我應該早點回來的。」

她以富挑戰性的表情咧嘴一笑的感覺實在有模有樣，與地牢殺風景的石牆形成的背景相結合，簡直像是冒險故事的女主角。

反倒是蕾切爾的柳眉垂成八字形，略顯困擾地輕輕微笑。

「這麼做也不錯，不過若是打擊過頭……讓對方累積了壓力，朝奇怪的方向爆發就傷腦筋了。」

「原來如此……那麼，妳打算怎麼做，要原諒他了嗎？」

亞歷山德拉明知沒這回事，卻還是裝腔作勢地詢問；另一方面，蕾切爾面對摯友的問題，只露出怯懦的笑容聳了聳肩。

「嗯，差不多該告一段落了……所以，我要在對方破裂之前迅速施以致命一擊。」

看似怯懦的只有外表而已。

「其實妳還想悠哉地多花些時間享受吧～」

「雖然遺憾～～……不過得在沒有耐性的殿下失去理智做出不顧後果的行動之前，先一步將他擊潰，讓他無法捲土重來。」

「那麼，我也會努力支援妳的。」

「呵呵，拜託了。」

兩名少女可愛地抿嘴微笑，一邊以茶杯輕輕互碰。

⚜

喬治．佛格森跳下馬車，將公事包粗魯地交給出來迎接的管家後就走進玄關。腳步聲在寬敞的走廊上誇張地迴盪著，他以紊亂的步伐走向自己的房間。

「可惡！每個傢伙都這樣……」

將不肖的姊姊逼上絕境的計畫遲遲沒有進展。

簡單的惡作劇起不了作用，但如果做得太過頭，變成加害對方，正當性又會遭人質疑。必須找出能打擊姊姊精神，又不會被第三者判斷做得過頭的界線……這種事真的存在嗎？老實說自己不太有自信。

不只如此，王宮的朝臣都害怕遭到牽連而退縮。

他們希望在國王下達裁決為止都不與這件事扯上關係，對於在姊姊周遭做些小動作一事，都有各式理由加以推託而不願協助。充其量也只能派騎士團在地牢周遭監視，提防間諜入侵而已……而且，姊姊甚至辦了一場若是沒與外界聯繫就不可能成功的派對，衛兵至今仍連一隻老鼠都沒抓到。

雖然阻止了來自公爵家的支援，卻也不知道效果如何。

乍看之下，宅邸內部並沒有類似的動向，不過確實有人在運送支援物資給姊姊。家裡表面上無人反抗喬治，他卻強烈地感覺到陽奉陰違的氣息。

老實說，喬治已經無計可施了。至今仍看不見試圖危害喬治等人的耀眼太陽——瑪格麗特的敵人全貌。

「可惡，真是的……！」

喬治一邊想著「今天直接上床睡覺吧」一邊打開自己的房門。

喬治往自己房裡踏進一步，端詳房間時的印象……實在無法一言以蔽之。

「！」

當下沒有發出慘叫，喬治甚至都想誇獎自己了。至少，他認為自己沒有腿軟癱坐在地已經相當了不起了。

在他的房間中央……

有許多書籍或圖畫等物品，運用桌椅等家具擺設得讓起居室像時髦的書店一般……而那是喬治原本藏起來的物品。

情色小說、性感女演員姿態有失體統的肖像畫。

寫著不能見人內容的機密日記、寫好卻不打算寄出的情書。

除此之外還有其他各式各樣的……

喬治為了避免打掃的女僕發現，（自認）小心翼翼地藏在各處的珍藏品此刻齊聚一堂。

「什……什……什……」

喬治驚慌失措地將光明正大陳列著的黑歷史遺產聚集起來，以因為恐慌而無法好好運轉的腦袋拚命地思考要藏去哪裡……雖說既然被人拿出來裝飾，就表示地點已經完全曝光了……身為持有者仍不得不這麼做。

總之，他為了避人耳目，先隨便找了個提包塞進去，並暫時藏到床底下。

「……可惡，是誰……？」

想必是站在姊姊那邊的傭人，因為不滿自己的行動而做出的好事。

有誰可能會做出這種事來？喬治一一回想傭人的長相，焦躁地將桌上的書整理起來。

這時……

出現了一個被書壓著的陌生信封，那是女性用的粉紅色信封。

「……什麼？雖然我只有很不祥的預感……」

不過，如果不確認就什麼也不會開始。

喬治打開信封，裡面只有一張信紙。

他將信紙攤開……瞥了一眼後，這次真的發出了慘叫。

⚜

入夜後，在地牢前側的房間裡。

喬治在鐵柵欄前向牢房下跪磕頭。

「姊姊，非常抱歉！」

弟弟將額頭貼在石版地上，渾身發抖的模樣……令原本打算就寢而整理著床鋪的蕾切爾感到納悶。

「哎呀，喬治，你怎麼啦？」

她雖然看似不知情，但並非如此。絕對不是這樣。

喬治將額頭緊貼在冰冷又凹凸不平，令他感到疼痛的石版地上，向恐怖大王（蕾切爾）大聲疾呼：

「當初對於針對瑪格麗特的欺凌一事，我沒有加以確認就斷定是姊姊的錯，真的非常抱歉！」

「哎呀，你幹嘛突然說那種話，發生了『什麼事』嗎？」

即使對方裝傻，喬治仍只能一股腦地向姊姊磕頭。

「……姊姊，請妳……請妳……將寫在信上的事情保密……」

弟弟拚命地哀求著，蕾切爾仍繼續詢問發生了什麼事。

「怎麼了？喬治，你真是的，公爵家繼承人可不能隨便向人下跪喔。說到信嘛……」

蕾切爾暫時停頓，將歪著的頭倒向另一邊。

「指的是五歲那年的九月，你尿溼褲子請我幫忙洗的事？

還是七歲那年的二月，你因為被煙火嚇到而站著失禁的事？

不過，那些都是小時候『令人微笑』的往事呢。」

蕾切爾看著膽怯的弟弟，露出微笑。

「如果不是那麼小的時候的事……

是指十一歲那年的五月，你對性產生興趣，偷偷跑進姊姊的衣櫃裡到處撫摸禮服的事？

還是指十四歲那年的六月，你確認四下無人後在我的床上打滾，嗅著床單的事？如果不是這些……就是十五歲那年的七月，也就是去年偷了我準備送往洗衣室的內褲收藏的事嘍？」

「對不起！姊姊，真的很對不起！是我錯了，對不起！」

恐懼萬分的喬治只能拚命道歉。

喬治發現的粉紅色信封……

裝在裡面的信紙上條列著好幾項喬治做過的事，盡是些一旦被別人知道，自己就活不下去的內容片段。

寫下這些內容的人是姊姊，毋庸置疑。那熟悉的漂亮書寫體，將只要有任何一項被周遭得知就會身敗名裂的事情，如歷史年表般冷淡地條列出來。

自己明明是確認過四下無人才做出那些舉動的。

若是她沒提起，有些事甚至連自己都已經不記得了。

別說是姊姊，理應連自己的貼身傭人都沒有看見的事情，卻被赤裸裸而不帶感情地條列出來。

而她既然知道這麼多……

代表那些喬治本身也有印象，信件內容並未提及的「字裡行間」的事情，她不可能不知道。

換言之，粉紅色信封的信只是節錄。

姊姊既然能夠寫出這麼多細節，表示她不可能沒有完全掌握喬治的黑歷史。

似乎對喬治顫抖的模樣感到困惑，徹底裝純真的姊姊露出傷腦筋的模樣。

「哎呀，喬治，你用不著那麼害怕嘛。姊姊只是因為不知道何時會遭殿下處刑，才將無法留存的回憶付諸信件而已喔。因為有許多『令人懷念』、『不由得微笑』的回憶……所以想稍微跟弟弟『分享』而已。」

而且姊弟之間的絕對強者（姊姊）華麗地……僅有嘴角優雅地揚起笑了。

「喬治正值青春期，一旦與條件好的瑪格麗特小姐相戀，就會把與姊姊之間的瑣碎回憶（在家裡做出的好事）忘了吧。畢竟姊姊身陷囹圄，不知何時會死去，只希望如今已經羽翼漸豐（離開姊姊）的出色弟弟能夠稍微記得自己……即使此身與露共消融，希望姊姊仍能持續活在你的心裡（想必能成為鎮石吧？）。」

「這……這是……！」

「區區」單方面被壓著打的艾略特王子絕對無法讓姊姊一聲不吭地乖乖受刑。雖說她是明知如此還故意這麼說的……但喬治並沒有蠢到搞不清楚自己的立場，斗膽當場指摘她。

迷人的姊姊（蕾切爾）露出怎麼看都不像是擔心被處刑的美好微笑，她的手中握著一本筆記本。

「啊，不過喬治對瑪格麗特小姐著迷，腦子裡根本沒有半點空間容得下姊姊對吧？所以，我就盡我所能把記得的事情寫進筆記本……對了，交給父親與母親大人好了。作為成長紀錄的一環，在兩位的結婚典禮上也能請他們挑幾段往事來介紹，如何？這麼一來，在六呎之下的姊姊也能因為做了件好事而放心，並一直守護著你到最後了。」

「姊姊，拜託妳！求妳……千萬別將寫在筆記本中的內容告訴父親或母親！」

「姊姊？喬治以前明明會很可愛地稱呼我『姊接大人』的……」

「姊……姊姊大人！」

「姊姊？」

「姊……姊接大人……求求妳……求妳千萬別將我的醜事告訴父親與母親！」

「咦～可是姊姊已經沒有將來了，這樣就無法好好守護喬治……」

「即使殿下錯了，我也絕對會阻止他，不讓他對姊姊……姊接大人下手的！」

「不過你也相信我曾對瑪格麗特小姐做出許多……雖然我不知道內容，總之就是許多過分的事情吧？」

「不，絕無此事！」

喬治拚命否定姊姊刻意提出的質疑。

瑪格麗特的物品遭人破壞、被人從樓梯上推下去的事情都是千真萬確發生過的。

直到半天前為止，喬治也認為這是姊姊做的好事，對此深信不疑……不過，他現在敢斷言並非如此。

……只為了威脅喬治，而能從牢裡安排這麼多事情的人，不可能會為了欺負情敵做出那種溫吞的事情來。

正確來說，如果對方真的是情敵，她不會只是欺凌的程度就善罷甘休。

而姊姊一旦認真起來……瑪格麗特此刻應該已經不存在這世上了。

「我相信姊接大人沒有對瑪格麗特出手！我願意寫下誓文！……所以，所以姊姊……姊接大人，請萬萬別將那本筆記交給父親或母親！拜託妳！」

「哎呀，是嗎……只要不告訴父親與母親大人就夠了嗎？」

「是……是的！」

「真的嗎？沒有其他人嗎？」

「咦……？」

姊姊奇妙的確認話語，令喬治不知所措。

雖然感覺她似乎願意替自己保密，令他感到謝天謝地……但是其他人是指？

仔細想想，畢竟是姊姊，很有可能因為「似乎很有趣」就捉弄自己。

「那……那麼……也請別告訴女僕長……」

「還有呢？」

「咦？呃～……還有殿下與瑪格麗特也是……」

「還有其他人嗎？」

姊姊特地一再詢問。

前方明明確實設有地洞，但他卻搞不清楚蕾切爾究竟有何意圖。

喬治感覺到自己的背後冷汗直流，他拚命思考是否還遺漏了誰。

「其……其他人……那……那麼，也請別告訴賽克斯與其他夥伴……」

「這樣啊。」

姊姊沒有繼續問下去。她結束追問令喬治鬆了口氣，這時……

在喬治面前的蕾切爾靠近鐵柵欄，往與喬治所在位置截然不同的方向，將筆記本穿過鐵柵欄的縫隙遞了出來。

「我明白了，就尊重你的意思吧。」

「謝……謝謝妳……」

「其實因為『她』已經在場聽見了內容，我原本還擔心你事到如今才說不行的話該怎麼辦呢。」

「啊？」

喬治還無暇因姊姊奇怪的話語感到納悶……他的身後就傳來了叩叩的腳步聲。

「咦！」

他回頭一看，只見從石階旁的暗處……

一名外表華麗的少女現身。

類型雖然不同，但擁有足以與姊姊匹敵的美貌，氣勢如同女王的少女面露微笑靠近牢房，從蕾切爾手中接過了筆記本。

喬治因為驚愕與恐懼，連聲音也發不出來。

「啊……啊……啊……啊……」

少女依然露出大膽無畏的笑容，向嚇得腿軟的喬治行了個典雅的淑女之禮。

「好久不見了，喬治少爺。自從我隨家父遊歷各國起，一年多不見了吧……」

表情雖然淑女……只有眼神卻如猛禽類一般的美少女笑容滿面。

「我是明明身為青梅竹馬，卻只分開一年就遭到遺忘的存在、不肖未婚妻、未婚夫與他人私通的亞歷山德拉．蒙巴頓。好久不……倒不如說『請多多指教』？或者該說『初次見面，幸會』才對呢？」

「噫……噫～～～！」

「哎呀，喬治少爺。就算我是連認識十年的交情也被遺忘，可有可無的女人，看見你這副像在暗處遇見怪物般的反應，還是令人相當受傷啊……哎呀，對了，這裡的確是暗處呢，呵呵呵。」

而蕾切爾也面帶微笑，欣賞著未婚夫妻重逢的美好畫面。

「喬治那許多『令人懷念的回憶』，還是交給今後將共度人生的伴侶收著比較好吧。亞歷山德拉，喬治就拜託妳嘍。」

「好的，姊姊（小姑）大人。」

「喬治，你也要乖乖聽亞歷山德拉的話喔。」

「噫～～～！」

「雖然這回答令人有些在意……不過畢竟是未婚夫妻久違重逢，姊姊就不打擾了，兩位請隨意。想必也累積了不少話題吧，比如說……教育性指導之類。」

蕾切爾無視鐵柵欄外傳來的慘叫、怒罵與含淚道歉的聲音，泡了紅茶愉快地啜飲著。

「那麼……如果不把另一隻翅膀也扯下來，可是會失去平衡的。」

27【弟弟憶起過去】

姊姊長得雖然美麗，卻不知為何不太引人矚目，經常被說「仔細一看是個美女」。

明明只要仔細凝視，就會發現她美得令人著迷，但如果不刻意尋找，就不會意識到她的存在。雖然其他覬覦殿下正妃地位的千金小姐暗中批評她是「白晝之月」，但老實說，我反而覺得這形容十分精確。

艾略特殿下雖是男人，卻有著光輝燦爛的俊美容貌……而在他身旁化為背景的姊姊，的確是白晝之月。

⚜

「喂，這不是喬治嗎！」

賽克斯那帶有些許焦躁的呼喊，令喬治心不在焉地抬起頭來。

「噢，是賽克斯……」

賽克斯跑向坐在庭園平臺上的喬治身邊。

「你最近都沒過來殿下身邊，我很擔心啊……怎麼了，你怎麼會憔悴成這樣？是睡眠不足嗎？有沒有好好吃飯？」

「不，不是那樣……我只是有點疲倦而已……」

「這種時候就要吃牛排，牛排能協助消除疲勞。只要吃個五百克左右的三分熟紅肉，就能改善肉體上大部分的疲勞喔。」

「不不不，不是那種問題……」

喬治無力地笑著向朋友說明。

「是亞歷山德拉突然回國了……她說要把我重新鍛鍊成與自己相稱的男人，以外交事務猛烈地進行填鴨式教育……我的腦袋無法好好運轉，感覺都快炸了。」

「原來如此！這種時候……嗯，還是要吃牛排。只要吃個五百克左右充滿油脂的部位，就能立即消除精神上大部分的疲勞喔！」

「能靠這種方式解決任何事情的人只有你。」

「不過，亞歷山德拉啊……她跟著父親前往國外視察，已經有一年左右了吧。」

「是啊。」

「有那個嗎？重逢的瞬間激動地來個熱吻之類的。」

「說什麼蠢話，才不是那種情況呢。」

沒想到自己向姊姊下跪時，她竟然會躲在那裡親眼目睹一切；而且自己最不想讓親人得知的醜事，還全部被她知道了——這種事喬治說不出口。

「自那時起，我就被她頤指氣使，根本沒有餘力到殿下那邊露面……」

「原來如此。」

賽克斯咧嘴一笑，戳了戳喬治的肩膀。

「哎，你就跟亞歷山德拉好好相處吧。瑪格麗特交給我來保護。」

「瑪格麗特跟未婚妻不一樣，該說是更為高貴的存在嗎……喂，在對我說三道四之前，賽克斯，你的立場不是跟我相同嗎？瑪蒂娜知道你對瑪格麗特神魂顛倒的事情嗎？」

喬治露出不懷好意的笑容。

「瑪蒂娜可是深愛著你啊。與殿下和姊姊、我和亞歷山德拉這種因為政治聯姻或孽緣而訂婚的情況截然不同，不是嗎？哎，畢竟有殿下在，你不可能與瑪格麗特結婚，不過要是被瑪蒂娜得知你進貢給瑪格麗特的錢比花在她身上的錢還多，豈不是很不妙嗎？」

雖然也是政治聯姻，但賽克斯的未婚妻似乎從小就對賽克斯一見傾心。她也因為前往國境附近任職而不在王都，不過將來會與賽克斯結婚，不至於就這樣一去不回。

在嘲笑別人之前，你自己又怎麼樣啊？喬治以略帶反詰的想法這麼說，看向賽克斯……

只見賽克斯震顫著。

他那高大魁梧的身體與其說是微微顫抖，更像某種裝置般以超細微的頻率抖動著。仔細一看還可發現他渾身冷汗冒個不停，眼神空洞，手臂僵硬。

「……抱歉，我不該提起瑪蒂娜的。」

等賽克斯冷靜下來後。

喬治悄聲說道：

「……最近的騷動，讓我回想起一些事。」

「什麼？從前的回憶之類的嗎？」

「是啊，該說是回憶嗎……總之是奇怪的記憶。」

喬治撿起腳邊的小石頭扔了出去，石頭輕鬆飛出，在半空中飛了好幾公尺，最後擊中打在草地上的木樁。

「我已經不記得前因後果，只記得某一幕情景。」

他並不清楚那究竟是自己親眼目睹，還是夢見。

那或許是看書時，彷彿看見了令自己受到衝擊的場景；也或許是腦子兀自將截然不同的景色合成在一起。

「那天的天氣很好，晴朗的藍天底下一片庭園擴展開來……」

那應該是園遊會之類時的記憶吧。在喬治眼前有一群孩子。不過……

「問題是在那正中央，毫無脈絡的景象。」

在庭園裡有座遼闊的池塘，有個紅褐色頭髮的女孩子站在池畔。

那個身穿洋裝的小女孩一直盯著池塘，不時將手中的小石頭扔進池塘。這是幼童常會玩的遊戲……只要前方沒有人的話。

池塘裡有一個男孩子在遠離岸邊的地方溺水了。他拚命揮動雙手，或許是喝到水，就算想求救也喊不出聲。男孩雖然拚命掙扎著想浮上水面，卻無法靠近岸邊……因為女孩子會朝他扔石頭。

溺水的孩子一旦想靠近岸邊，女孩子就會以難以想像是孩子的銳利投石技巧加以威嚇。

只有被她扔出的石頭擊中的瞬間才會微微聽見男孩子的慘叫聲。

「異常的是那個女孩的表情……」

明明害男孩溺水了，女孩卻一臉平靜，完全沒有任何感情。

她既沒露出瞧不起自己欺負的孩子的嘲笑，也沒有充滿憤怒的憎惡表情；只有淡淡的……就像是被父母吩咐「去確認營火的痕跡有沒有確實掩蓋好」而無可奈何去做一般……是被迫做著無趣工作的公事公辦的表情。

而在女孩子周遭，有一群男孩子坐著哇哇大哭，他們身上的正式外出服全都是泥巴。

那些體格比她高大的男孩子全都涕泗縱橫，一再哭求女孩：「拜託妳，饒了他吧～」

「他會死的～快住手啊～～」……但少女無視於此，繼續監視溺水的男孩子。

偶爾會有人想抓住女孩……但她會迅速閃開，並拿石頭砸向對方，將他擊退。

⚜

「我有印象的片段只有這樣，沒有前因後果。總之只有那副景象深深烙印在記憶裡。」

「……該怎麼說呢，真是相當超現實的景象啊。」

「是啊，由於太過超現實，只能認定是惡夢一場。但我不清楚那到底是現實發生的事，還是在某些圖畫上看到的景象。雖然也去找學者問過那是不是某種暗喻，卻得不到答案。」

「你回想起這種事啊……哈哈，總覺得那女孩就像是最近的你姊姊啊。」

「沒錯……」

喬治沮喪地垂下肩膀。

「……所以我察覺到了。這種彷彿刨挖內心的做法……」

那副景象並不是夢境。

而是現實中發生過的事。

「這個奇怪的記憶並不是夢境或其他事物，我只是記住親眼目睹的情況罷了。」

「……難不成……」

「沒錯……那只是姊姊在某場聚會上制裁做出令人不爽的行為的男孩子的景象……」

有隻受到陽光邀請而振翅的燕子鳴叫一聲飛過陷入沉默的兩人頭上。

隔了一會兒，喬治抬起頭來。

「還有，因為想起這件事，讓我察覺到一點。」

「……什麼事？如果是更可怕的故事，我可不聽喔。」

「關於這點，不說出來我也不確定……我很不擅長與亞歷山德拉相處。」

喬治與亞歷山德拉雖是孩提時代相識的青梅竹馬，但老實說，感情並沒有那麼好。

畢竟她從以前起就總是在指責自己，或是對自己惡作劇。正是因為有著近乎被霸凌的記憶，才會先入為主地認為自己不擅長與她相處。

雖說最近不至於對自己動手，但由於亞歷山德拉現在仍會以高高在上的姿態，狠狠地用言語加以攻擊，因此在她陪著父親前往視察旅行時，老實說喬治曾因暫時不會見到面而鬆了口氣。

「不過，其實是我有所誤解了。」

「誤解？雖然我只知道程度比較嚴重的事件，不過她總是那種感覺吧？」

「是啊。不過我因為搞不清楚剛才所說的記憶是什麼，而試圖回想之後……發現我把許多記憶混淆在一起了。」

會對喬治做些什麼的女孩子「不只一人」。

「仔細回想，並不是只有一個女孩子對我做出那些事情來。雖然記不得長相了，但小時候會對我做出某些事的，有些時候是金髮女孩，有些時候是紅褐色髮的女孩。」

「喂，那是……」

「沒錯，每次一看到我就會把我痛罵一頓的是金髮女孩；而沉默地對我動手的則是紅褐色頭髮的女孩——對我惡作劇，或者應該說是拿我做實驗的人其實不是亞歷山德拉，而是姊姊才對。」

賽克斯抬頭仰望天空，今天也是個晴朗的好天氣。

「……亞歷山德拉根本也是遭到誤解的受害者啊。」

「沒錯，我很對不起她……最令我感到害怕的記憶，其實並不是她做的。」

「……你被做了什麼？」

「……關於這件事，我也只記得其中一幕景象。」

⚜

那是自己幾歲左右的事情呢？當我在庭院邊找著蝸牛玩耍時。

不知何時跑到身旁的女孩子突然抓住我的手，把我帶到庭院深處……

紅褐色髮的女孩在走到沒人會看見的地方後，就突然脫下我的褲子。

「做……做什麼？」

「嗯，有點事……屁股借我一下。」

她這麼說著，手裡捧著一大箱鞭炮……

⚜

「等等，喂，那到底是……怎麼回事？你被做了什麼？到底是……不，還是算了！太恐怖了，我不想聽！」

「哈哈哈，別擔心！我記得的內容也只有這樣！我完全不記得姊姊到底對自己做了什麼……我不記得了啊……」

兩個男人的慘叫與莫名高亢的乾笑聲從庭園傳來，令正好路過的女僕感到納悶，不曉得發生了什麼事。

⚜

姊姊最近明顯變美了。

或許是因為隨心所欲地生活，也或許是不再需要活在框架中。

真正的她其實十分豔麗，有著耀眼的美貌，甚至不亞於俊美的殿下。

姊姊其實根本就不是白晝之月。

而是足以吞噬太陽，有著非比尋常爆發力的超新星。

28

【弟弟從姊姊口中得知遺忘的事實】

在暖和的陽光燦爛地灑落，風和日麗的午後時光。在蕾切爾的地牢裡，兩張桌子和之前一樣隔著鐵柵欄擺著。

由於亞歷山德拉今天久違地有空閒時間，於是就來地牢拜訪蕾切爾。蕾切爾面帶笑容地歡迎朋友，開始自從擊潰喬治後就會舉辦的女生聚會。

「怎麼樣，喬治派得上用場嗎？」

蕾切爾搖晃著茶杯享受茶香，同時露出夢幻的柔和笑容詢問。

「呵呵，如果派不上用場就傷腦筋了。」

亞歷山德拉則弓起端整的眉毛，揚起嘴角。

「那孩子雖然總會一臉得意地前來報告，卻經常虎頭蛇尾，如果要把工作交給他可得小心，文件千萬別沒讀過就簽名喔。」

「嗯，我知道。他總會自認為做得很好，一臉得意地交過來，結果每次都會有缺漏……哎，但就是這點可愛。」

「啊哈哈，沒錯！」

話題圍繞著對自己而言分別是未婚夫和弟弟的人物，兩人笑得開懷，亞歷山德拉向站在一旁的少年開口：

「對了，喬治，這款茶葉悶太久了，再少一分鐘比較好喔。你有確實讀過說明書嗎？」

「如果每一款茶都一樣草率亂沖，可無法端給賓客品嚐喔。如果連沏茶都無法做到令人滿意，想成為外交官可說是痴人說夢話呢。」

「……對不起。」

今天的茶會，出席者為兩名女孩子，以及一名服務生。

壞話要在當事人面前說——這就是這兩人的原則。

⚜

在向喬治要求再來一杯後，亞歷山德拉想起一件要請教蕾切爾的事。

「對了，蕾切爾，我前幾天聽喬治說了……」

「什麼事？」

蕾切爾微微歪頭，未來的弟媳聳了聳肩。

「這傢伙小時候好像分不出我們倆呢。」

「……真的嗎？」

蕾切爾吃驚地睜大雙眼，目不轉睛地盯著弟弟的臉。

自己不願提及的話題受到姊姊注目，令喬治坐立難安地扭動身體。

由於不想把那件事告訴姊姊，喬治無視目光，專心泡茶……但即使把重新泡好的茶端過去，蕾切爾還是一直盯著他看。

喬治堅持不住，無奈地頷首。

「……沒錯。」

「真的嗎？為什麼？」

「……因為我們小時候沒有那麼常待在一起啊……妳們倆給人的感覺也很像，會做出的事情也差不多……」

「哎呀，喬治，亞歷山德拉的頭髮是金髮，而我的則是深棕色，不是嗎？」

「是這樣說沒錯啦……」

「我平時都會跟你同桌用餐，但亞歷山德拉只是偶爾會被邀請來聚餐吧？」

「經妳這麼一說，確實是這樣……」

「還有，亞歷山德拉只會動嘴責備，我則是只會體罰喔。」

「既然清楚記得這一點，應該就會明白我逃避的理由了吧！」

姊姊的個性果然很惡劣。

重新認知到討厭的事，讓喬治嘆了口氣。

現在這種被姊姊與同類朋友亞歷山德拉夾擊的生活……雖說是自作自受……但真是糟透了。

曾經有傭人表示很羨慕喬治被美女包夾，他跟對方說「那我跟你交換」，結果對方竟然辭職了，就連從外人眼裡看來也一樣是糟糕透頂。

啊，好想念在殿下身邊，一同圍繞著瑪格麗特的愉快時光……

……對了，既然都提到這件事……

喬治決定順著話題詢問姊姊。

「對了，姊姊，我有個片段的從前記憶……」

那就是他前些日子告訴過賽克斯的，情境不可思議的記憶。他只記得當時被拿著鞭炮的蕾切爾脫下褲子，卻不記得前因後果……就連亞歷山德拉聽了也有些吃驚。

「蕾切爾……就算是孩子的惡作劇，為什麼會演變成這種情況啊……」

「畢竟是姊姊，我原本以為她是半好奇半覺得有趣才會嘗試看看的……」

兩人責難的視線投向蕾切爾，她不悅地噘起嘴。

「為什麼要說得像是我有毛病一樣？那件事是有正當的前因！」

「……所以說？」

「先動手的人是喬治喔！」

⚜

在蕾切爾把喬治拉到庭園裡那天的前一晚，喬治其實做了一件令蕾切爾耿耿於懷到隔日的惡作劇。

「當時我原本想上床睡覺了……」

結果蕾切爾一掀開棉被，竟然跳出五隻喬治抓來的青蛙。

「我當時也才四歲，當然會陷入恐慌。」

蕾切爾連忙往後跳開，在弄清楚發生什麼事之後就趕緊抓住青蛙，扔進垃圾桶裡。

「蕾切爾……真虧妳敢徒手抓青蛙……」

「那不是重點。」

蕾切爾將青蛙全扔進垃圾桶裡後，為了避免青蛙跳走，在上頭蓋上一本厚書之後才上床睡覺。

到了翌日……

「我好好睡了一覺，神清氣爽地仔細思考後，認為他在棉被裡暗藏惡作劇機關以威脅我這點令人無法原諒。我判斷這是讓我與棉被先生的關係產生裂痕，妨礙安眠的恐怖攻擊，因此決定判處極刑。」

「……雖然由始作俑者的我這麼說有點奇怪，但姊姊的引爆點也太低了……」

「畢竟蕾切爾從以前就非常討厭別人妨礙她睡覺了……」

蕾切爾的腦內法庭是沒有最終申辯的一審制。在下達判決後，蕾切爾特搜班（只有一人）立刻動身逮捕正犯，並在庭園裡發現了正在玩弄蝸牛的喬治。

「看見凶惡罪犯既妨礙了他人安眠卻又悠閒地在玩耍，讓我僅剩的猶豫都因憤怒而拋諸腦後了。」

「所以才說姊姊的引爆點太低啦！保險絲就跟鳥羽毛一樣輕吧？」

「蕾切爾，那是三歲小孩做出的事啊……」

「這麼說的話，我也只是四歲小孩，可不是能一笑置之的成熟大人。」

逮捕了恐攻主犯喬治後，蕾切爾在脫下他的褲子之前明確地這麼宣告：

說到青蛙就一定要搭鞭炮……好了，為青蛙的所作所為負起責任吧……

「於是，我就依循古法，把庫存的鞭炮塞進犯人的屁股……」

「到這裡為止的想法未免也太驚悚了吧！四歲小孩說出這種話，簡直嚇死人了！」

「蕾切爾……『庫存的鞭炮』是什麼……？」

「虧人家還用可愛的表現方式說明。」

「哪裡？欸？哪裡可愛？」

蕾切爾將杯中剩下一半左右的茶一飲而盡。

「總之，我並不會因此感到內疚。」

「妳或許是不會感到內疚，但聽眾可是被妳嚇壞了啊……」

蕾切爾沒有理會碎碎唸的喬治，從換氣窗眺望著藍天。

「哎，硬是要說心裡有所遺憾的話……就是喬治並沒有被區區的鞭炮炸飛吧。青蛙似乎會誇張地炸翻，但以喬治的身材則只有嘰哩咕嚕就結束了。」

「姊姊，嘰哩咕嚕是什麼？欸，嘰哩咕嚕是怎樣的狀態？」

蕾切爾「呼」地擺出陷入沉思的姿勢，似乎不打算說明「嘰哩咕嚕」代表的意思。而亞歷山德拉則一臉傻眼地以手撐著臉頰。

「哎，也是……畢竟鞭炮就算能炸飛青蛙，也不可能把人炸飛啊。」

「我畢竟還年幼……那就是四歲小孩的極限了。」

蕾切爾從座位上起身，打開深處的木箱翻找著某物之後走了回來，她的手裡拿著圓筒狀的「某物」。

「如果是現在，我就連炸藥都能夠準備了……」

「那個，該不會是……真貨？」

「這個嘛，誰知道呢？」

弟弟沒膽的慘叫聲在地牢裡迴盪著。

⚜

蕾切爾目送著不知為何看起來身心俱疲的喬治步上石階後，悄聲詢問亞歷山德拉：

「亞歷山德拉，喬治好像到現在都還沒發現……這樣好嗎？」

姊弟倆的兒時玩伴露出寂寞與恐懼交雜的複雜笑容，仰望著心愛的未婚夫疲憊的背影。

「沒關係，他所畏懼厭惡的那個愛挖苦人的傢伙，其實是因為難為情才反過來嚴厲對待自己……喬治應該還沒有辦法笑著接受吧。」

蕾切爾也眺望著消失在地面上方的弟弟的背影。

「換言之，喬治還是個孩子呢。」

「嗯～～……就這麼下結論，他也太可憐了吧？」

「我來幫他變成大人吧？」

「拜託妳別這麼做，要是被『姊姊』欺負得更慘，那傢伙搞不好會變成繭居族喔。」

「當繭居族很愉快喔。」

「妳真是的。」

⚜

先回到地面的喬治大口吸滿短暫自由的空氣，這時將鑰匙掛在腰間的獄卒走了過來。

「咦？你最近好一陣子都沒來，怎麼了嗎？殿下也來了嗎？」

「啊？……不，我是陪別人來的……是姊姊的摯友前來拜訪。」

「啊，原來如此！……再見啦！」

獄卒極為自然地正要離開，喬治抓住了他的衣襟。

「……喂，你明明是來巡邏地牢的吧，為什麼要迴轉？」

「請放開我！小姐跟摯友湊在一起，肯定沒有好事！」

「我雖然也完全贊同，但巡邏是你的工作吧！拿了薪水就給我工作！」

「要是被小姐纏上了，不管領多少薪水都不划算啊！」

「這我也能理解，但只有我一個人精神耗弱太不公平了！你也去被姊姊玩弄一下！」

「我不要——！」

兩個男人就這樣一直扭打到亞歷山德拉離開地牢為止。

Slow Life of a Young Lady
in Prison, Triggered by
Breaking Off the Engagement
First volume

後記

初次見面，也感謝連載期間給我鼓勵的各位。

非常感謝您購買書籍版《從毀婚開始的反派千金監獄慢活人生》。

這次能將我投入許多心思的這部作品以「紙本」形式獻給各位，令我感到非常開心。

《從毀婚開始的反派千金監獄慢活人生》是我從平成三十年（二〇一八年）四月到五月之間於投稿網站「成為小說家吧」連載的作品。連載期間雖短，卻獲得各位讀者大為讚賞，僅刊載一個月的作品竟然獲得該類型的年度第一名，對我而言也是空前絕後的一部作品。

這次隨著出版實體書而大幅加筆，在內容上多了五成，分量上則多了七成。我將作為主軸的故事維持原樣，並盡可能增加鞏固周遭的支線故事，努力讓世界觀變得更加龐大，希望各位會覺得有趣。

其實，《從毀婚開始的反派千金監獄慢活人生》這部作品，完成品與我著手撰寫前的構思截然不同，是做了很大的改變後才呈現給各位的。

我從前年十月開始在「成為小說家吧」投稿，第一次投稿的短篇或許是新手運使然，突然在日間排行衝上第二名，評價也超過了三千點。這不是相當驚人的數字嗎？我高興起來，將所想的劇情大綱化為文字陸續投稿……但後續作品的成績全都沒超過第一部作品，排名也愈發低落，呈現出每況愈下的狀態。尤其在跨年之後更加慘烈，去年起的所有作品全都達不到一千點，令人相當洩氣。

我就在這種情況下整理著下一部作品的綱要，這時我的腦中突然浮現出比原本準備好的兩三部短篇更有意思的點子。

隨著條列出情節發展，主角（就是後來的蕾切爾）的各種找碴行徑的哏就接二連三地冒了出來。配角隨之出現，故事圍繞著他們而生……意料之外地成了一部內容充實的作品。蕾切爾在故事中對蘇菲亞說過的「只要創造出角色，角色就會自己動起來」這句話，指的正是現在這種情況。

在我的經驗中，像這樣誕生的大綱會透過筆尖傳達氣勢，這一定會很有意思。

此外，就某方面而言，「享受牢獄生活」是個在登場瞬間便決定成敗的哏，如果有其他人發表了「在牢房裡生活的千金小姐」的故事……不管故事內容如何，都會變成炒冷飯而失去衝擊性。就這方面的意義上來說，如果要將這份綱要寫成作品（明明就不知道有沒有競爭對手），能否成功發表也是與時間的賽跑。

我就這樣撲向這份靈感，優先開始撰寫這個剛出爐的故事，並暗自期待這個故事或許能成為久違的兩千點等級的作品。

然而掀開蓋子後，竟然獲得了超乎想像的好評，我自己是最吃驚的人。在第三天左右就登上該類型日間排行第一名……原本雖然渴望卻明白對自己來說遙不可及的獎盃就這樣突然被扔了過來。容我重申，我自己其實是最吃驚的人。

我當初的預定計畫是先每天投稿到作為序章的第五話為止，接著再以週刊的步調連載。到此為止，故事還只停留在「蕾切爾毫不在意王子的意圖，在監獄中享受著自甘墮落的愉快生活」的階段。

不過既然獲得了這麼好的評價，我打算趁評價正好的時候繼續往前衝，於是臨時決定續篇也竭盡所能地改成每天刊載。神奇的是，該說是像這樣將自己逼上絕境，反而產生了馬拉松跑者的愉悅感嗎……我的執筆時間是從半夜到天亮，在不可思議的精神狀態下撰寫的期間，小哏與發展的點子接連不斷地湧現。下一話從未完待續的故事接續而生，需要的角色陸續登場，故事變得愈來愈龐大。

結果……

起初的綱要只是十五話左右的中篇故事，變成了兩倍長的三十一話。也有超過半數的登場人物，是著手撰寫晚宴場景的內容時還不存在的。也就是說，如果沒有各位的評價，在連載時獲得好評的那一幕或這個角色都不會誕生了。

雖然只是一部正好持續了一個月的短期連載作品，但多虧有各位的聲援支持，才能順利完結，並得以不留任何遺憾地盡情揮灑。也因為受到這樣的矚目，作品才會獲得出版社的青睞，並像這樣由 KADOKAWA 協助增補修改後付梓出版。

然而，儘管認為自己已經將想寫的內容在網路版盡情發揮了，在編輯要求「請在書籍版放入全新加筆的內容」時，還是會產生欲望。由於急著連載，是不是成了一部只有主線故事的作品呢？除了入獄之前的事情，是不是還有其他該述說的故事呢？——我這麼思考後提筆撰寫，又追加了十五篇以回憶故事與蕾切爾之外的故事為主的內容。以網路版為骨架，加筆故事增添血肉，才成了堪稱完全版的內容。

如果只是自得其樂地撰寫故事而沒有刊載給人欣賞，並滿足於當初所構思的內容，我想故事架構就不會因此變得龐大，也無法獲得發表的園地了。

自己所寫的故事獲得好評這點令人非常高興，而出版成正式「書籍」排列在書店裡，對於出於興趣而撰寫小說的人來說更是個未竟的夢想。

一旦實現了夢想，站上名為出書的高臺，更能深切體認到自己是受到眾多人士的支持才能抵達這裡的。

在「成為小說家吧」替我加油到最後的各位讀者。
在書店親自拿起，以及在網路書店按下購買鍵的各位書籍版讀者。
替我這部原本只是分享給友人的小說提供公開園地的 HINA PROJECT。
讀取無形的形象，並繪製成具體美麗插畫的鍋島テツヒロ大人。
在裝幀與書頁設計等製作成書的外觀上，呈現出色成果的 BALCOLONY. 騎馬大人。
還有以第一位接觸我並支持著我到拙作出版的責編清水大人為首的 KADOKAWA。

多虧了這份由網路聯繫，少了任何一人都無法達成的緣分，《從毀婚開始的反派千金監獄慢活人生》才能成為「書籍」。

在這裡要向各位獻上筆墨難以形容的感謝之情。

這份無法以言語完整表達的感激，令我對自己的文采不足之處更加難為情，就此擱筆。

於平成最後一年　山崎　響

著 山崎 響 *Hibiki Yamazaki*

老家為淨土真宗的門徒暨八幡神社的氏子，親戚全信仰曹洞宗。幼稚園為新教，國高中為天主教，大學則為淨土宗。昔日的同學中，有成為和尚、神主跟牧師者。自己就是在這個相當日本的環境中長大的。

畫 鍋島テツヒロ *Tetsuhiro Nabeshima*

山口縣出身，興趣是釣魚，由於能任選日本海或瀨戶內海的釣場，非常開心。最近在網路上能找到處理幾乎每一種魚的影片，想處理釣到的魚時非常方便。雖然要處理 KANATO 河豚需要一點勇氣，但炸河豚非常好吃。

國家圖書館出版品預行編目資料

從毀婚開始的反派千金監獄慢活人生 / 山崎響作 ;
YUIKO譯
-- 初版 -- 臺北市 : 臺灣角川, 2020.09
冊 ;　公分 -- (Kadokawa fantastic novels)
譯自 : 婚約破棄から始まる悪役令嬢の監獄スローライフ
ISBN 978-957-743-971-0(上冊 : 平裝). --
ISBN 978-957-743-972-7(下冊 : 平裝)

861.57　　109010213

Kadokawa
Fantastic
Novels

從毀婚開始的反派千金監獄慢活人生 上

（原著名：婚約破棄から始まる悪役令嬢の監獄スローライフ 上）

2020年9月14日 初版第1刷發行

作者：山崎響
插畫：鍋島テツヒロ
譯者：YUIKO

發行人：岩崎剛人
總編輯：蔡佩芬
編輯：孫千棻
設計指導：陳晞叡
印務：李明修（主任）、張加恩（主任）、張凱棋

發行所：台灣角川股份有限公司
地址：105台北市光復北路11巷44號5樓
電話：（02）2747-2433
傳真：（02）2747-2558
網址：http://www.kadokawa.com.tw
劃撥帳戶：台灣角川股份有限公司
劃撥帳號：19487412
法律顧問：有澤法律事務所
製版：巨茂科技印刷有限公司
ISBN：978-957-743-971-0